光文社文庫

長編時代小説

奨金狩り

夏目影二郎始末旅㈥

決定版

佐伯泰英

光　文　社

※本書は、二〇〇九年十月に光文社文庫より刊行した作品を、文字を大きくしたうえでさらに著者が大幅に加筆修正したものです。

目次

日光・羽州街道
陸奥
越後
下野
上野
常陸
武蔵
下総
奥州道中
日光道中
中山道
水戸道中
青梅街道
甲州道中
猪苗代湖
中禅寺湖
利根川
渡良瀬川
鬼怒川
荒川
常陸那珂川
赤城山
細木
檜原
大塩
能蔵
塩川
若松
関山
大内峠
大内
倉谷
檜原
田島
糸沢
山王峠
中三依
五十里
高徳
大渡
玉生
矢板
大田原
那須塩原
芦野
白河
矢吹
須賀川
郡山
三春
本宮
二本松
八丁目
福島
瀬上
長岡
叶津
大倉
古川
小出
三国峠
戸倉
沼田
渋川
金精峠
日光
今市
大沢
徳次郎
喜連川
氏家
白沢
宇都宮
雀宮
石橋
小金井
新田
小山
間々田
野木
古河
中田
栗橋
幸手
杉戸
粕壁
越谷
草加
千住
日本橋
足尾
野上
桐生
田沼
足利
佐野
富田
栃木
合戦場
金崎
追分
鹿沼
楡木
壬生
飯塚
前橋
国定
玉村
高崎
倉賀野
新町
本庄
安中
熊谷
大宮
板橋
秩父
正丸峠
田無
青梅
中野
内藤新宿
八王子
府中
石原
高井戸
北

天保七年(1836)の日本地図
上野
陸奥
下野
常陸
武蔵
北

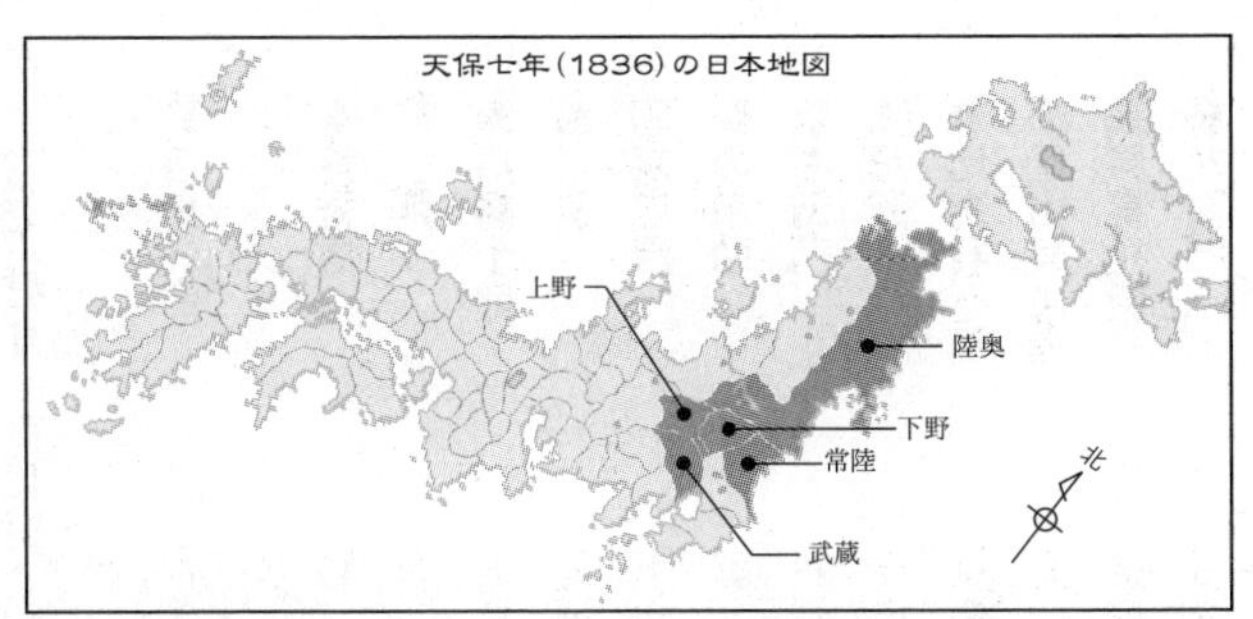

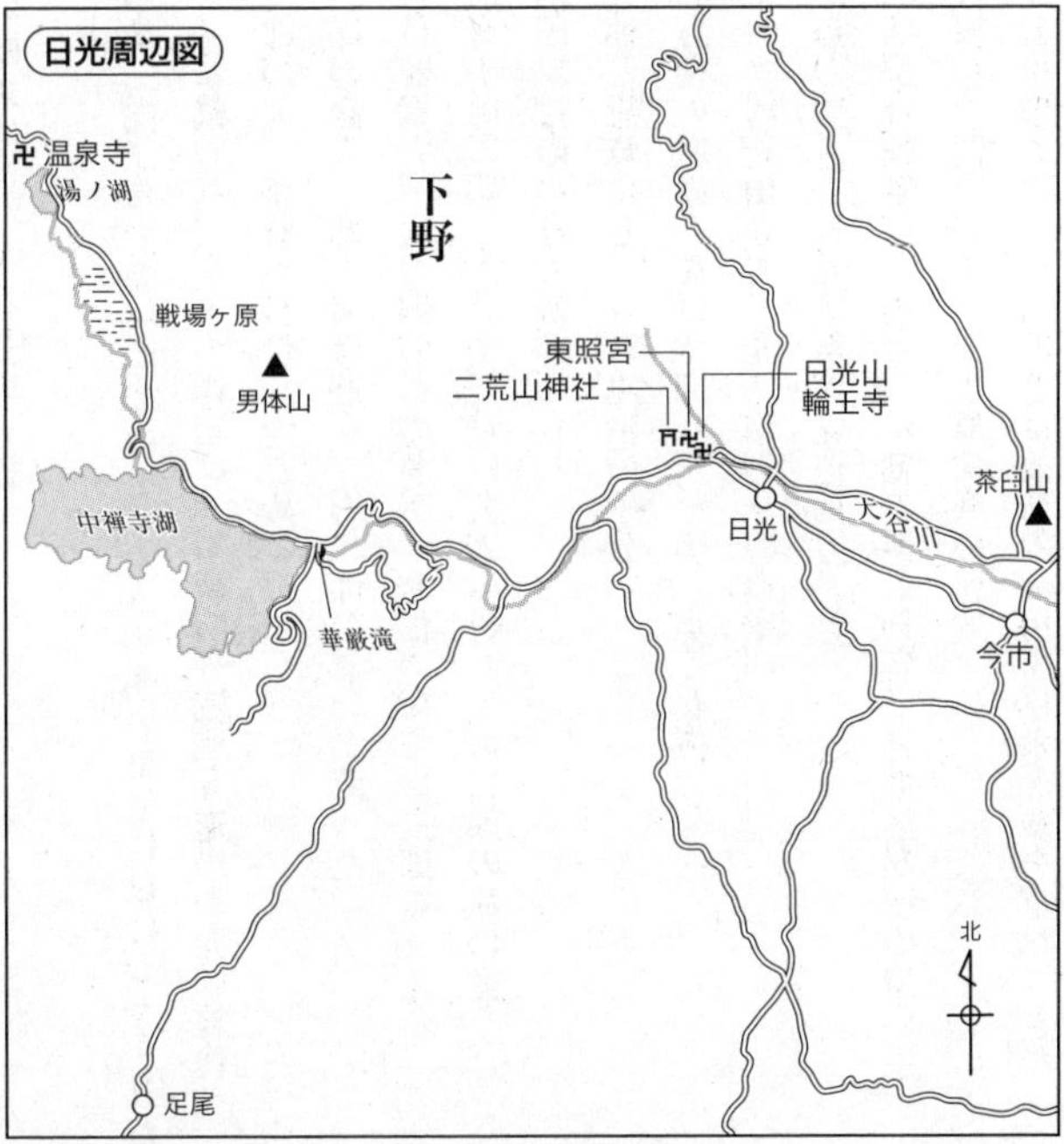

日光周辺図
温泉寺
湯ノ湖
下野
戦場ヶ原
男体山
東照宮
二荒山神社
日光山
輪王寺
茶臼山
日光
大谷川
中禅寺湖
華厳滝
今市
北
足尾

『奨金狩り　夏目影二郎始末旅㈣』主な登場人物

夏目影二郎　本名瑛二郎。常磐秀信の妾の子。放蕩無頼の果てに獄につながれたが、父に救われ、配下の隠密に。鏡新明智流桃井道場の元師範代。

常磐秀信　影二郎の父。幕府大目付をつとめる。

若　菜　影二郎の恋人。姉の萌は遊女で影二郎の想い女だった。

菱沼喜十郎　大目付監察方。道雪派の弓の名手。秀信の命で影二郎を支える。

おこま　菱沼喜十郎の娘。水芸や門付け芸人に扮して影二郎の旅に従う。

国定忠治　上州国定村の出身の侠客。

蝮の幸助　影二郎と懇意にしてきた忠治の子分。

歌右衛門　石動万朔の庇護を受けて関八州を騙し歩く女衒。

弥兵衛　今市倉ヶ崎新田在で、元八州廻りの道案内。

麻比奈君麻呂　京からの使者。日光例幣使先遣御方。

赤星由良之進　影二郎が合戦場宿で出会った謎の浪人剣客。外他無双流の遣い手。

萩原喜兵衛　奈佐原宿の問屋の主。奈佐原文楽の座頭。

勢左衛門　日光七里の名主。影二郎とは最初の御用旅以来交友を重ねてきた。

奨金狩り　夏目影二郎始末旅㈩

序章

　父の常磐豊後守秀信が市兵衛長屋に訪ねてくるなど前代未聞の出来事であった。それも朝の間だ。

　影二郎は未だ床の中にあった。

　棒手振りの杉次の女房おはるが、

「ひえっ！」

と驚きの奇声を発し、夏目影二郎の長屋の戸口で丸まっていたあかがおはるにつられたか、吠え出した。

　影二郎は何事が起こったか、おはるの驚きの声とあかの吠え声を考えていたが、切迫感はないように思えた。

　腰高障子にあたる陽と影の具合を見て五つ（午前八時）の刻限かと推測した。

　昨夜は浅草寺門前西仲町の〈十文甘味あらし山〉で祖父母、若菜の三人から商いの相談を受けていて帰りが遅くなった。

若菜は影二郎に泊まっていくように願ったが、このところ長屋を長く空けていたこともあって深夜に戻り、ために寝たのが遅かった。

戸口に人影が立った。人影は戸に手を差し伸ばして開けるかどうか迷っていた。

影二郎は寝床の中から、

「どなたかな」

と声をかけた。

人影が安心したように動きを見せて、

「瑛二郎様、それがし、佐野恒春にございます」

と名乗り、戸が引かれた。

佐野は実父の大目付常磐秀信の用人だ。

秀信は夏目家から三千二百石の常磐家に婿に入り、家付き娘の鈴女と所帯を持った。夏目家も常磐家も同じ直参旗本とはいえ家禄が違った。そのせいで鈴女に頭が上がらない秀信だったが、婿に入った折り、夏目家から秀信が伴ったただ一人の家来が佐野恒春だった。

「朝の間からなんぞ用事か、佐野」

「殿様が直にお話しになられましょう」

「なにっ、父上もお出でか」

「城上がりの途次にございます」

「なんじゃと、大目付が登城の行列を揃えて裏長屋の路地に入ってきただと」

「いかにも」

影二郎は寝床から起き出し、古浴衣の寝間着から衣桁にかけた長襦袢と袷に慌てて着替え、帯を巻いた。

一昨日、若菜が、

「いつも同じ黒小袖の着流しでは」

と春めいた鉄錆色の袷を持参して、仕付糸がかかったまま影二郎に着せ掛けて、

「身丈も袖丈もちょうどようございます」

と安心して、

「明日からこれを着て下さい」

と仕付糸を解いていったばかりの小袖だった。

「瑛二郎様、いつまでかような裏長屋暮らしを続けられますな。九尺二間と申せば職人や棒手振りが住まいいたすところですぞ。ご大身のご子息である瑛二郎

様のご体面にも差し障りがございましょうぞ」

長屋を見回しながら佐野が言った。

「佐野、おれは妾腹だ、体面もなにもあるものか。裏長屋暮らしは気がね(が)要らぬで、気に入っておる」

影二郎は袖を通したばかりの着流しの腰に南北朝期の鍛冶・法城寺佐常が作刀した大薙刀を刃渡り二尺五寸三分（約七十七センチ）に鍛え直した大業物を一本だけ落とし差しにしたが、脇差は手挟むことをしなかった。

「常磐の家に変わりはないか」

「紳之助様が今月より御城に出仕をなされておられます」

と答えた佐野の口調に悔しさが滲んでいた。

紳之助は秀信と正室鈴女の間に生まれた異母兄だ。

「ほう、それはめでたい」

「なにがめでとうございますか」

と佐野が声を潜めた。

「瑛二郎様がこれまで殿様をどれほどお助けになられたことか、瑛二郎様こそしかるべき役職に任じられてもようございましょう」

「おれは御城勤めなどまっぴらご免だ」

影二郎は板の間から狭い土間に下りて雪駄（せった）を履いた。これも若菜が用意してくれたものだ。

「まさか異母兄（あにうえ）も父上の供行列に加わっておいでではあるまいな」

「いえ、それは」

影二郎は佐野にうなずき返すと、

「父上と会うしかあるまい」

と敷居を跨（また）ぐと、佐野がどぶ板を踏んで木戸口へ先導する様子を見せた。

「裏長屋だぞ、城中ではないわ」

と苦笑いする影二郎の足元であかがどうしたものかという顔で伸びをした。

「あか、待っておれ」

影二郎の言葉が分かったか、あかはまた陽溜まりにとぐろを巻いた。

「だ、旦那、あの行列なんだい」

ひと稼ぎ振り売りに歩いてきたらしい様子の杉次が影二郎に声を低めて訊いた。

井戸端では長屋の女衆（おんなし）が口をあんぐりと開けて木戸口を見ていた。

「朝っぱらから驚かせたな、父上が城上がりの道中に立ち寄られただけじゃ」

「あの行列、旦那の親父様か。話には聞いていたが、旦那はほんものの若様だったんだね。あの格式、少なくとも二、三千石の大身だぜ」

「とはいえ、城でも屋敷でも頭が上がらぬ父上よ」

と言い残した影二郎は木戸口に向かった。すると乗物の戸が開き、

「瑛二郎、驚かせたな」

と秀信が優しい声をかけた。

「父上、裏長屋に行列を着けるなど迷惑にございます。長屋の連中が驚いておりまする。また、城中に知れたら常磐秀信どのは乱心なされたか、裏長屋に女でも囲われたかと噂を呼びますぞ」

「瑛二郎、冗談はよせ」

と言った秀信が小者に、

「履き物を持て。ちとこの界隈を瑛二郎と散策いたす」

と言い出した。

二人だけで話したいのであろうと、影二郎は乗物から下りた秀信を御厩河岸へと誘った。

大目付の行列は市兵衛長屋にそのまま待機させた。

「なんぞ火急の事態が発生いたしましたか」

うーむ、と応じた秀信の顔が途端に暗く、険しく変わった。

御厩河岸之渡しにちょうど渡し船が本所から到着し、武家や商人などこちら岸に用事の乗り合い客を下ろしたところだ。

近頃秀信も大目付の威厳が出てきて、渡しを下りた武家が訝しげな顔をしつつも会釈して擦れ違った。

「許せ」

影二郎は渡し場の傍らにある茶店に入り、大川を望む土間に秀信を誘った。

この茶店、影二郎とは長い馴染みで、影二郎がだれをつれてこようと驚く様子も見せず、女衆がお茶を供してくれた。

その茶に手を伸ばした秀信が、

「そなた、国定忠治が身罷ったと申さなかったか」

「いかにもそう申し上げましたが」

「亡骸を確かめたか」

「いえ、角館城下の騒ぎにございまして、それがしは近付くことは叶いませんでした。じゃが、関東取締出役関畝四郎配下の鉄砲隊の放った無数の銃弾を体に受けて猛炎の中に斃(たお)れ落ちるのを確かめましてございます」

だが、それは身代わりの偽忠治と家族であった。

忠治はなんとかその場を逃れて、生き延びていたのを影二郎も承知だった。その忠治に縄張り内の、

「盗区(とうく)」

に立ち入るなと命じていた。

「関東取締出役から国定忠治健在の報告が大目付に上がってきて、老中の水野(みずの)様からそれがし、忠治は死んだと申していたがどうなっておると厳しい譴責(けんせき)を受けた」

それは、と影二郎も絶句して考えた。

関東取締出役とは俗に八州廻(はっしゅうまわ)りと呼ばれ、代官領、大名領の区別なくどこでも追捕(ついぶ)できる特別探索方だ。

「忠治を見た者がおると申されますか」

「日光道中今市(いまいち)宿外れの茶臼山山麓(ちゃうすやまさんろく)で忠治を土地の下っ引きが見たというぞ」

「他人の空似(そらに)にございましょう。忠治の虚名高きゆえ渡世人には忠治のなりを真似る者も多いと聞き及びます」

秀信はしばし影二郎の疑問に答えなかった。

忠治はそれほど愚か者ではないと影二郎は承知していた。

「瑛二郎、忠治は股肱の子分の日光の円蔵、浅次郎らを捕縛されて、昔の威光はない。生きておれば縄張りに戻ってなんとか生き延びようと考えても不思議はなかろう」

秀信の主張は影二郎にも得心できた。だが、盗区こそ関東取締出役が忠治一味を根絶やしにせんと活動しているところだった。

「瑛二郎、水野様は、上様の日光御社参を無事に済ませて幕府の威信を天下に再び知らしめたいと願っておられる」

「もはや公方様が日光に参られ、神君家康公のお力に縋ったとて威信は回復いたしませぬ」

影二郎の答えに秀信が睨んだ。

「そなたのように勝手気ままに腹の中の考えを口にできればどれほど楽か」

と嘆くように応じた秀信が、

「瑛二郎、日光に参れ。来たる四月の上様日光御社参出立前に忠治のちの字もあの界隈で噂されてはならぬ」

ふうっ

と影二郎は溜息を吐いた。

秀信が懐から紫の袱紗に包んだものを出すと、

「路銀じゃ、よう吟味して使え」

と言った。

第一章　女衒と町奉行

一

日光道中七番目の宿場、利根川を前にした栗橋宿に一文字笠を被り、着流しの肩に古びた南蛮外衣をかけ、犬を連れた長身の侍が姿を見せて、旅籠〈七瀬屋〉の表に立ち、被っていた一文字笠を脱ぐと軒下に吊るした。

腰には反りの強い大業物が手挟まれているだけだ。それを見ていた番頭が、

「お連れ様があとから参られますか」

「武家と女芸人の二人連れじゃ」

「お武家様と女芸人のお連れ、変わった取り合わせにございますな」

「このご時世、どのような旅人がいても不思議ではあるまい」

「いかにもさようで」

「店の土間に犬の寝場所を設えてはくれぬか。人には慣れておるで迷惑をかけることはない」

「へえへえ、ようございますとも。餌は残り物でようございますな」

と応じた番頭が、

「お連れ様は今宵参られますので」

「今夜参るか、明日になるか、三日後になるか」

「となりますれば、手付けを頂戴したいもので」

と揉み手をしながら番頭はまさか押込み盗人の類ではあるまいなと警戒した。

だが、一方で、

「犬連れの盗人など聞いたことはないが」

と思い返し、長身の腰に一本反りの強い大業物を落とし差しにした浪人の風体を改めた。

幾多の修羅場を潜り抜けてきたと思える顔は、どこか冴え冴えと醒めた表情を見せていた。腰の一剣もなかなかの逸品と思え、それがぴたりと腰に納まっていた。風貌に餓えた様子もなく鷹揚ささえ感じ取られた。

（こいつは成り上がりじゃない。意外と出はいいのかもしれないいな）

上がり框に長合羽を落とした浪人の手から帳場格子に座る番頭に向かって、
きらり
と光る小判が投げられた。それを手で受けた番頭は、懐が温かそうな浪人が何者か分からなくなった。

「お連れ様が見えられたとき、あなたさまの名をなんと答えましょうかな」

「夏目影二郎」

「夏目様、にございますな。ただ今濯ぎ水をご用意いたします」

「まだ部屋に入るのは早かろう。渡し場をぶらついて参る」

夏目影二郎と名乗った浪人者は、ふらりと出ていった。すると心得たように犬が従っていった。

番頭は上がり框に置かれた長合羽を手にとると裏地が猩々緋、表地が黒羅紗という変わった造りであることを見た。

（南蛮外衣か、待てよ）
六、七年前になるか、一人の剣客が悪名を馳せた八州廻り尾坂孔内ら六人を関八州に始末して歩いたことがあった。

その八州廻り始末人、つまり八州狩りは南蛮外衣に一文字笠、反りの強い刀を腰に落とし差しにしていたのではなかったか。そして、その名は、

「夏目影二郎」

と言わなかったか。

番頭は慌てて犬連れの侍が向かった渡し場辺りを見た。だが、その姿はどこにもない。

再び夏目影二郎は八州狩りを始めたか。

影二郎は渡し場を見下ろす大銀杏の大木が聳える茶店の縁台に座ると酒を注文した。

渡し場の両岸ではこの日最後の渡し船が出ようとしていた。土手を走りながら物売りが、

「ま、待ってくれ。乗せて下さいよ」

と駆け下っていくのが見えた。

影二郎は懐から父の常磐秀信の包金（二十五両）四つに添えられてあった書付を広げて見た。これで何度目か。

青砥梅四郎
石動万朔
板取朝右衛門

とだけ名前が書いてあった。

この中で正体が知れたのは石動万朔のみだ。

石動は関東取締出役、八州廻りの一人であり、この役職には一年半前に任じられていた。

石動は元々小普請の御家人である。それが甲府代官の手付に命じられたと同じ日に八州廻りに転じていた。どうやら石動は、自ら望んで八州廻りになったようで、この役職を得るために甲府代官の手付に採用された経緯が窺い知れた。この代官手付に就くために幕府のあちらこちらに金を使ったことは容易に想像がついた。とはいえ、代官の手付である。幕府の要職に就こうという話ではない。無役の小普請がばら蒔いた金子はせいぜい数両、多くて十両から二十両だろう。

「船が出るぞう！」

船頭の声が夕暮れの渡し場に響いた。ばたばたと足音を響かせて走っていく男衆の影が小さくなった。

利根川に壮大な夕暮れが訪れていた。

影二郎は書付に注意を戻した。

秀信はこの石動を含めてただ名を記しただけで何者とも、何をせよとも書いていない。

江戸で調べたが、青砥と板取の身許は知れなかった。

推察するに、今市に行けば三人の身許と行状がはっきりすると思われた。

念のために江戸を出立する前に菱沼喜十郎とおこま親子に文を持たせた使いを立て、調べてくれぬかと言い残して出てきたところだ。

菱沼親子は秀信がようやく寄合を抜けて勘定奉行に就いた時以来の配下の者で密偵を務めていた。

影二郎とはこれまで何度も死地を潜り抜けてきた仲だ。

調べが一日でつけば明日にも親子がこの栗橋宿に姿を見せよう。だが、調べが難航すれば影二郎は数日この地で待つことになるか、または書付を残して独りで今市宿に進むか決断を迫られる。

徳利に酒が運ばれてきて影二郎は茶碗に注いだ。

いつしか、対岸の中田宿から本日最後の渡し船が到着して、二十人ほどの乗り合い客が下りた。

影二郎は目の前の土手に一つの人影が座しているのを見た。乗り合い船に乗り遅れた旅人か、あるいは向こう岸からの旅人を迎える人影か。

船を下りた一団の中に若い娘四人を連れた男三人が混じっていた。どう見ても娘らは江戸の悪所に売られていくのだろう。

四十がらみの男が女衒の頭、そして、残る二人は道中の用心棒か。腰に長脇差をぶち込んで、一人は首に革で造られた鞭を輪にしてかけていた。

影二郎が茶碗酒を呑む土手道へと一行が向かい、土手に腰を下ろしていた人影が立ち上がった。古びた木綿の綿入れに股引を穿いた百姓風の男の手に草刈り鎌が提げられ、その刃がきらりと夕焼けを受けて煌めいた。

黙々と女衒の一行が土手へと上がってきた。

「ま、待て」

草刈り鎌を構えた百姓の若者が飛び出していった。

「おはつ、行くな。江戸なんぞに行かせねえ」

と若い男が叫び、一行の前に立ち塞がった。

飢死者が出ない年はなく、天保の大飢饉に関八州も陸奥国出羽地方も見舞われ、一揆も続発していた。

幕府では老中水野越前守忠邦が主導して天保の改革を遂行していたが効果はなく、遂に神君家康の威光を借りて日光社参を六十七年ぶりに行い、なんとか幕藩体制の引き締めを企ろうとしていた。

悪あがきの最たるものだろう。

そんなわけで農村から江戸近辺の悪所に売られていく娘は後を絶たない。

影二郎が見ている光景もそんな一つと思えた。

栗橋の渡し場を取り締まる川役人は早々と姿を消していた。女衒らから目こぼしの銭を貰い、最後の渡し船に娘たちを乗せるのを黙認したのか。

四人の娘の一人が立ち竦んだ。

「賀四郎さん」

「なんだえ、おめえは」

女衒の用心棒の一人がのそりと草刈り鎌を構えた賀四郎の前に出て、腰の長脇差に手をかけた。首に革の鞭をかけた年配の用心棒は無言の裡に女衒や娘たちから離れて立っていた。

「おはつを江戸にはやらねえ」

「馬鹿を言うんじゃねえぜ。娘の親と納得ずくでよ、娘の身は十年の年季奉公、ご自由にとの証文をもらってこっちは大金を払って買った体だ。どこの田吾作だか知らないが、兄さん、怪我をしてもいけねえや、道を開けてくんな」

若い用心棒が虚勢を見せていった。

突然起こった騒ぎに宿場の人間が集まり始めていた。その人々に聞かせようという魂胆だろう。

「年季奉公の証文だと、嘘っぱちだ」

「なんだと、天下の往来で人聞きが悪いぜ」

渡し船を下りてきた乗り合い客も足を止めて騒ぎの見物に加わった。

刻限が刻限だ。

だれもが栗橋宿泊まりだろう、先を急ぐ用もない。

賀四郎は大勢の見物衆に力を得たか、声を張り上げた。

「おはつを身売りする金子は、土地の金貸しにある借金と棒引き、その上に今年の苗代料五両を支払うとの約定になっていたな」

「おう、いかにもさようだ」

「違うぞ」

「どう違うな、兄さん」

革の鞭を首にかけた兄貴分がそろりと賀四郎の横に身を移したのを影二郎は見逃さなかった。

「金貸しはそんな約束はした覚えがない、知らぬ存ぜぬの一点張りだ。おまえらと金貸しはぐるになって、最初からおはつを騙して江戸に連れていく気だ」

「賀四郎さん、うちには苗代料も払われてないの」

「借金はそのまま、苗代料もなしだ」

「ああっ！」

おはつが絶望の叫びを漏らした。他の三人の娘にもその動揺は伝播した。

「朋造さん、いつまで好き放題に喚き散らさせているんです」

女衒がいらついた言葉を吐き、兄貴分の方は首から革鞭の太い柄をつかんだ。

鞭の長さが一丈五尺（約四・五メートル）はありそうで、その先端に革で包まれた玉が付いているのを影二郎は見てとった。鉄玉でも仕込んであるか。

「おりゃ、騙されねえぞ。おはつを江戸にはやらねえ」

賀四郎が草刈り鎌を構えた。

「てめえはおはつのなんだえ」

革鞭の男が訊いた。

「許婚だ」

「女衒の歌右衛門様は関八州に知られた商売人だ。ごたくを並べて商いの邪魔すると痛い目に遭うぜ」

「なにを言うか」

賀四郎が、

「わあっ！」

と叫び声を上げると目の前に立ちふさがる朋造に草刈り鎌を振り回しながら迫った。

朋造は長脇差を抜いてはみたものの、

「おっおっ」

と言いながら賀四郎の勢いを止められず、後ずさりして土手に尻餅をついて転んだ。それでも叫んでいた。

「長手の達兄い、頼まあ」

その瞬間、長手の達兄いと呼ばれた男の革鞭を持った片手が引き抜かれてしな

り、

ひゅっ

という辺りの空気を鋭くも切る音がしたかと思うと夕焼け空に八岐大蛇（やまたのおろち）のように革鞭が蠢（うごめ）いて、その先端についた革玉が賀四郎の持つ草刈り鎌に絡んで、

ひょい

と虚空へ高々と飛ばしていた。

鮮やかな手並みに、

「おおっ！」

というどよめきが見物人の間から起こった。

賀四郎は一瞬なにが起こったか分からないふうで立ち竦んでいた。だが、気を取り直したか、

「おはっ」

と叫びながら許婚のもとへと走った。

その時、虚空をのたうった鞭の先端の玉が生き物のように賀四郎の腿の辺りに巻きつき、兄貴分の手首が再び翻（ひるがえ）った。

「わあっ」

と悲鳴を上げた賀四郎の体が土手から三尺ほど宙に舞い、どさりと、土手道に落ちた。
「賀四郎さん」
おはつが駆け寄ろうとするのを女衒の歌右衛門が首ねっこをつかんで止めた。
賀四郎が痛みを堪(こら)えて必死で起き上がろうとした。
ふわり
と鞭の先端の玉が兄貴分の左手に戻り、
「てめえ、この決着はその体でつけてもらうぜ」
革に包まれた鉄玉をふわりと再び頭上に抛(ほう)り上げると鞭に勢いをつけて虚空に円を描かせた。
鉄玉が影二郎の座る茶店の前に立つ銀杏の太枝を直撃すると、
ばちん
という音を響かせて枝が折れ飛んで影二郎の縁台に落ちかかり、徳利を転がした。半分ほど呑み残っていた酒が、
とくとく
と縁台の上に零(こぼ)れた。

「賀四郎、おめえは一生腰萎(こしな)えで過ごしな」

鞭が再びしなり、濁った夕焼け空に鉄玉が躍動して賀四郎に襲いかかろうとした。

影二郎が手にしていた茶碗を、

発止(はっし)！

と投げたのはそのときだ。

鉄玉は虚空を自在に飛んで賀四郎の腰骨を砕こうと狙いを定めるために一瞬宙に停止した。その鉄玉に茶碗が見事に当たって軌道を変えた。

さすがに長手の達だ。

突然生じた異変にも驚かず、あらぬ方向に飛んだ鉄玉を右手の動き一つで手元に呼び戻した。

「邪魔をしたのはおまえか」

長手の達が影二郎を睨んだ。

「最初にちょっかいを出したのはそなたのほうだ。それがしが楽しむ酒を零したな」

影二郎はそう言うと、倒れた徳利の口をつかみぶら下げて見せた。

長手の達の手が動き、鉄玉が再び力を得て円を描いて伸びてきて影二郎がぶら下げた徳利を、

ばちん

と砕いてみせた。

影二郎は手に残った徳利の口を捨てると、

「あか、この世の中には言い聞かせても道理の分からぬ馬鹿者がおるぞ」

と飼犬に話しかけながら、傍らの法城寺佐常を手にした。

新たな展開に見物の衆が何度目かの歓声を上げた。

着流しの影二郎が土手上に立った。土手の中ほどに位置した長手の達とはおよそ二間（けん）半余（約四・五メートル）の間合があった。

当然のことながら革鞭の間合だった。

影二郎はただ鞘（さや）に納まったままの先反（さきぞり）佐常の鐺（こじり）を長手の達に向けたまま立っていた。

「てめえ、名前を聞いておこうか」

左手に握った鉄玉を指で弄（もてあそ）びながら訊いた。

「夏目影二郎」

「夏目だと、八州殺しの夏目影二郎か」

「昔の話を持ち出したな、長手の達」

あかが影二郎の傍らから土手下へと走り出したのはそのときだ。

だが、動揺の気配も見せず長手の達の左手から鉄玉が虚空に抛り投げられ、右手が大きくしなって鞭が今まで見たこともない動きを見せると、夕暮れの空に複雑な曲線を描き、

　びゅーん

と尖(とが)った音を発した鉄玉が影二郎を襲った。

同時にあかが長手の達の足に食らいついた。

「畜生」

影二郎の先反佐常の鐺が飛来した鉄玉を、

　こーん

と突いた。

鉄玉は前進する力を鐺に阻止されて飛来した軌道を逆にたどって長手の達の顔面へと戻っていった。

長手の達は鉄玉の飛来から顔を避(よ)けようとした。だが、足首をあかに嚙みつか

れて踏ん張りが利かず、体がよろめいた。
その直後、
がつん
と不気味な音がして鉄玉が長手の達の喉元に食い込んで、あかと一緒に土手下へと吹き飛ばした。
一瞬の戦いであり、決着だった。

二

栗橋の渡し場の土手を静寂が襲った。
あかがようやく長手の達の足首を放した。
ぴくぴくと痙攣した体がぱたりと動きを止めて、夕闇が訪れた栗橋の土手に、
ごぼごぼ
という新たな音が響いた。
喉を潰された長手の達が口から血を吐き出す音だった。だが、死んだわけではない、と影二郎は思った。

女衒の用心棒を務めてきた長手の達だ。何度も修羅場を潜ってきた人間がそう簡単にこの世におさらばするわけもない。諸国を渡り歩いてきた影二郎には、長手の達の防衛本能が気を失わせただけだと教えていた。

「女衒の歌右衛門、賀四郎が申すことにどう答えるな」

「はっ、はい」

歌右衛門の足元にあかが忍び寄った。

「はっ、いえ、その」

「そうか。そなたの勘違いであったと申すか。ならば、そなたら、江戸に空手で戻るのだな。聞きわけがよいな」

「いえ、そのようなことは」

「まさか娘たちを江戸に連れていくとは申すまいな」

歌右衛門が黙り込んだ。

「長手の達兄いを医師のもとに連れていけ、早くせねば命にかかわるぞ」

影二郎の命に歌右衛門がそれでも立っていた。あかが、

ううう

と唸(うな)り声を上げて、慌てた歌右衛門と朋造が長手の達の転がる土手下に走り寄

った。土地の年寄りが、

「おーい、戸板を持ってこい」

と手伝う気配を見せて自分の得物で喉を潰された旅人を里の医師のもとに運んでいった。その後ろを女衒と仲間二人がとぼとぼと従っていく。

見物していた乗り合い客も栗橋宿の旅籠へと向かい、土手に残ったのは影二郎と賀四郎、そして、江戸に売られていこうとしていた娘四人だけとなった。

影二郎は渡し場から数丁上がった枯れ葦の原に一条の煙が立ち昇っているのを見ると、茶店の縁台に酒代を置き、煙に向かって歩き出した。

あかが慣れた様子で従い、賀四郎とおはつが顔を見合わせていたが、影二郎とあかのあとを追った。三人の娘も続いた。

夜に移ろいゆく濁った空に立ち昇る煙は、川漁師の炊煙だった。

人の気配に小屋から古びた綿入れを着た男が姿を見せ、なんぞ用事かという顔で影二郎を見た。小屋の中の囲炉裏の火が外に漏れて影二郎とあかの風采を浮かび上がらせた。

影二郎は男の舟が岸辺に止められているのを見た。

「渡しは終わったか」

と分かり切ったことを男が言った。

「酒代を稼ぐ気はないか」

「舟を出せってか」

「網にかかるのは魚ばかりではあるまい」

「犬なんぞ乗せたことはねえ」

「渡るのはわれらではない」

のそのそと五人の男女が影二郎の背後に立った。

「浪人様、おはつら四人を取り戻してもらい、お礼の言葉もございませんだ」

賀四郎が娘らの代わりに礼を述べた。娘たちは未だ身辺に起こったことをどう理解してよいか分からぬ様子で、それでも賀四郎が頭を下げたのに合わせた。

影二郎は振り向こうともせず川漁師に一分金を抛り投げた。囲炉裏の火にきらりと光った小粒が宙を飛び、漁師の手に収まった。

「事情は察したな。そなた、名前は」

「武吉」

「そなたが川を往復してくる間、おれとあかはこの小屋で待つ。川の中ほどで舟を揺すって大事な荷を流れに落とそうなんて考えるな」

武吉は影二郎にうなずき返すと賀四郎らの様子を眺め、

「分かった」

というと舟の仕度を始めた。

「そなたら、どこから来た」

影二郎が初めて賀四郎らに口を利いた。

「大谷村ですだ」

「日光道中上戸祭近くじゃな」

「へえ」

日光道中は影二郎に馴染みの土地だ。

影二郎の手から一両小判が賀四郎に投げられた。

「賀四郎、娘ら四人を親元に届けよ」

へえ、とうなずいた賀四郎が、

「女衒は戻ってきめえか」

とそのことを案じた。

「そなたが申したことが真実なれば村の長を通じ、関東代官羽倉外記どのに訴えを出せ。お節介をしたのは夏目影二郎と添えるがよい」

影二郎は小判を受け取れと目で促した。

「よいか、向こう岸に着くまでは漁師とて信用するな、よいな」

賀四郎がこっくりとうなずき、足元の一両を拾うと懐に捻じ込んだ。

「舟の仕度ができたぞ」

武吉が岸辺から乗れと命じた。賀四郎と娘ら四人が舟に駆け出したが、おはつ一人が途中から走りを止めて、影二郎のもとに戻ってきた。

「夏目影二郎様、このご恩、一生忘れません」

「達者で暮らせ」

おはつはこっくりとうなずいたが、その場を立ち去ろうとはしなかった。

「夏目様はどちらに参られるのでございますか」

「さあてな、忠治の影を追う道中だ」

「国定村の親分さんを、捕まえにいかれるのですか」

影二郎が薄く笑った。

「おはつ、おれと忠治は古くからの因縁だ。これまでも助けたり助けられたりしてきた仲だ」

おはつが安堵したか、笑みを浮かべた。

「よかった。親分さんを助けに参られるのですね」

おはつに問い返された影二郎は、

「なんのための旅か」

と気付かされた。

秀信の気持ちを静めるために江戸を離れてみたものの、差し当たって父が百両の路銀といっしょに残した書付の三人の者の行方を追ってみるしかあるまい。忠治の一件は秀信にとって幕閣への言い訳に過ぎまい。これまで影二郎の言動を通して国定忠治がどうして関八州の中に巨大な盗区（縄張り）を得て、民衆に支持されているか秀信にも分かっていた。

その程度の旅だった。

「さてな、忠治が縄張り内で生きておるとも思えぬ」

「死んだと申されますか」

「そんな噂が江戸では流れておる」

噂の大本の一人は影二郎でもあった。それが父の秀信を幕閣の中で苦境に陥らせており、家慶（いえよし）の日光社参を忠治が襲うという噂の遠因になっていた。

だが、もはや忠治には、

「配下の子分五、六百、関八州が盗区」

といわれた往年の力はない。

「国定の親分さんは死にはしません」

「そう、簡単には死ぬ忠治ではない」

すでに川舟は向こう岸に渡る仕度を終えていた。

「あっさりと死んでもろうては困る。おれとの約定が果たせぬでな」

「約定とはなんでございますか」

「忠治が死ぬとき、おれが首斬人を務めるのよ」

「そんな」

と答えたおはつがくすくすと声を出して笑った。

「夏目様、どちらに向かわれます」

「今市宿外れの茶臼山」

「ならば私の爺様の弥兵衛が倉ヶ崎新田に住んでおります」

「そなたの爺様に会えというか」

「爺様はその昔八州様の道案内を務めておりました、訪ねて下さい。もしも親分さんがあの界隈に潜んでおられれば、必ずや会う手筈はつけてくれましょう」

道案内とは八州廻りの役人に従う街道通の知恵袋だ。八州廻りが手柄を上げるか上げないか、道案内の力量に左右された。

国定忠治を追い詰め、一家を崩壊の淵に追い込んだのは、道案内の小斎の勘助こと東小保方村の名主中嶋勘助の力に負うところが大きい。それを知っているだけに忠治は、八寸村の隠れ家を襲い、勘助と家族を惨殺していた。

「おはつ、こたびの不幸はこちら岸においていけ」

はい、と返事をしたおはつが頭を下げて許婚の賀四郎らが待つ舟へと走っていった。

影二郎とあかは、舟が向こう岸に着くまで見届けて、栗橋宿の旅籠に戻っていった。

旅籠の〈七瀬屋〉に戻ってみると軒下の一文字笠が消えていた。表戸を下ろすときに取り込んだか。薄く開いて通りに明かりを投げかける通用口にあかは飛び込んでいった。

影二郎が続くと、鳥追い女が明日の旅仕度か日和下駄を手入れしている背が見えた。傍らには三味線と菅笠が置かれ、縞の袷に水色の脚絆がまだ足に巻かれているところを見るとたった今、旅籠に到着したところか。

あかが尻尾を振って甘えかかり、女が振り向くと、

「あか」

と破顔しながらあかの体を抱き止めた。

「おこま、こたびは鳥追い姿か」

「この節、水芸では客も集まりませんよ」

大目付常磐秀信の密偵おこまの隠れ蓑は水芸だった。

あかの体をもう一度ぎゅっと抱くとおこまが立ち上がった。そんな様子を帳場格子の向こうから見ていた番頭が立ち上がって、影二郎を迎える素振りを見せた。

「夏目様、女衒を懲らしめたそうですな」

番頭は満面の笑みだ。

おこまが影二郎を見た。

「夏目様、怪我をしたやくざ者はなんでも屋の医者仁安先生のもとに運ばれ、手当てを受けたそうですよ。喉が潰れて当分飯も食えんと当たり前の診立てだそうで、こんなことはだれでも言えますよ」

「長手の達が命をつなぎ止めるかどうかは仁安の腕次第か」

「診立てはひどいが腕はいいですよ。仁安先生、喉の周りに利根川土手に生える

薬草を何種類も混ぜ合わせた練り薬を塗布して、治療代二両を女衒からふんだくったそうですよ」

「歌右衛門も物要りだな」

影二郎の感想に番頭がけたけたと笑うと聞いた。

「夏目様、また八州狩りの旅ですか」

影二郎が秀信の命でひそかに遂行した六人の関東取締出役粛清、

「八州狩り」

は天保七年夏から翌年の春にかけてのことだった。隠密裡に行われた旅であったが、関八州には南蛮外衣に反りの強い豪剣を腰に落とし差しにした鏡新明智流の遣い手夏目影二郎の仕業と知れ渡っていた。

「番頭、またぞろ役目を忘れて私腹を肥やす関東取締出役はおるか」

「夏目様に告げ口したなんぞがこの日光道中に知れると、私は牢にぶち込まれますよ」

と番頭が口を塞ぐ真似をした。

影二郎の視線がおこまに戻った。

「おこま、喜十郎はどうしておる」

「お先に湯に浸からせて頂いております」

おこまの顔を見ると徹夜旅をしてきた様子があった。

「この寒さの中、急ぎ旅してきたか」

「影二郎様も入られませぬか。あかの世話は私がやります」

土間の隅に敷かれた筵を眺めた。

「へいへい、お犬様には精々美味しいめしを食べさせますよ。女衒を一匹退治してくれたのですからな」

と二人の話に加わった番頭が、

「そういえば女衒の歌右衛門が江戸の遊里に騙して連れ込んだ娘の数が五十人を超えたとか、街道の物知りが話していますがな、そんな数ではありませんよ、軽く百は超えておりましょうな」

と話をもとに戻し、そうそうと手を打つと独り言を呟き始めた。

「歌右衛門は八州様の石動万朔様とよう誼を通じておるというが、ほんとのことかいな。おや、また独り言を。年は取りたくないね」

と帳場格子に戻っていった。

影二郎が湯殿にいくと湯船に白髪交じりの頭が一つ浮かび、低声で謡を唸っていた。

行灯の明かりがおぼろに〈七瀬屋〉の広い湯殿を浮かび上がらせていた。

栗橋は御成街道の一宿だ。湯殿は日光詣での旅人が年中泊まっていく旅籠の威勢を見せていた。

「喜十郎、そうそうに御用旅、すまぬな」

「影二郎様、お先に湯を使わせてもらっております」

振り向いた喜十郎の顔に旅の疲れが見えた。

「そろそろ隠居して、おこまの子を腕に抱きたいのではないか」

「そのような話は皆目ございませんな」

影二郎も衣服を脱ぎ捨てると洗い場に下りた。

大きな檜の湯船から桶で湯を汲み、冷えきった体にかけた。すると身が熱さにぎゅっと締まった。

ふうっ

と息を漏らした影二郎はさらに湯をかけて旅塵を流すと、湯船に身を浸した。

「影二郎様から文をいただいてあれこれと調べましたが、石動様以外の二人の身許は知れませぬ。殿様にお尋ねするのも一案かと思いましたが、殿様が名だけを記したということはそれ以上の情報をお持ちでないとも察せられます。当たって砕けろと、影二郎様の後を追って参りました」

影二郎とあかが昼前に千住大橋を発ち、二つ泊まりを重ねてきた道中を菱沼親子は徹夜旅で追ってきたのだ。

「ご苦労であったな」

影二郎の言葉にうなずいた喜十郎が、

「石動万朔、忠治はこの手で縛り上げると広言して関東取締出役に就いた男にございますそうな。その腕を買われてこの一月も前から役目以上の権限を持たされて関八州に身を隠しておるそうにございます」

「国定忠治は角館にて銃殺されて露と消えたのではなかったか」

忠治と若い妾のおれいとその間に生まれた赤子の三人を羽州角館城下に追い詰めたのは、敏腕な関東取締出役の関畝四郎だ。関はあくまでも抵抗しようとする忠治をエンフィールド連発銃で仕留めていた。

だが、この始末された忠治とおれいと赤子は、三波川の惣六と女房のおせんが身代わりだった。

この事実を知るのは影二郎と忠治の子分の蝮の幸助の二人しかいない筈だっ

た。角館の旅に同道した菱沼親子にすら真相は伝えられていなかった。

影二郎は角館街道生保内宿から北の山に入った乳頭の湯で生きている忠治に会い、真相を知らされていた。

その折り、影二郎は、

「今年の四月まで関八州には立ち入るな」

「公方様の日光詣での間だな」

と念押しした忠治は湯の中に隠していた抜き身の刃物を出すと、すっぱりと大たぶさの髷を切り落として、

「こいつが証文代わりだ」

と影二郎の命に服する約定をしていた。

角館に銃弾を浴びて死んだのが忠治の身代わりだということが知れるのは、時間の問題と影二郎も思っていた。

「影二郎様、どうやら忠治のからくりが知れたようでございますよ」

と喜十郎が険しい声で応じた。その語調の背後には、

(なぜ真実を伝えてくれなかったか)

という恨みがあった。だが、そのことを口にしようとはしなかった。

影二郎もまたそのことに触れようとはしなかった。

「父上は苦境に立たされておられるか」

喜十郎が首肯すると両手で顔を洗うふりをした。

「老中水野様に忠治存命の事実を注進したのは南町奉行鳥居耀蔵様にございますそうな」

「父上の立場が悪くなったのはむべなるかな」

「そのような呑気なこととはこたびの一件、些か事情が違うようにございます」

「鳥居ごときに父上の皺腹を切らせるわけにはいかぬ」

と影二郎が言い切った。

「喜十郎、この宿場に仁安なる本道から牛馬まで診る医師がある。そこにな、女衒の歌右衛門の用心棒の長手の達が担ぎ込まれておる。達には用事がない。歌右衛門は八州廻りの石動と相通じた仲という、無駄は承知で女衒を責めてみるか」

喜十郎が立ち上がると、

「お先に失礼します」

と湯船から出ていった。

影二郎は独りになった湯船に手足を伸ばして浸った。

三

下総国葛飾郡栗橋宿は総家数およそ四百余軒、本陣一、脇本陣一、旅籠二十数軒を抱える船着きの宿場だ。

そんな栗橋宿外れ、日光道中を江戸に少し戻ったところに破れ寺が利根川の流れを見下ろしてあった。元々は真言宗の寺だったが今から五、六十年前、弘法大師の修行の跡をたどらんと住職が弟子二人を連れて、四国八十八箇所の巡礼の旅に出て、なにがあったか帰国を果たすことができなかった。

以来、寺は無住となり、そのうちに渡世人が寝泊まりしたり賭場を開いたりして荒れ果ててしまった。

影二郎が斜めに大きく傾いた山門を潜って石畳の参道に立った。すると参道を覆い尽くした枯れ芒の間からおこまが姿を見せた。

「早々に働かせてすまぬ」

「これが私どもの務めにございます」

うなずき返した影二郎を案内するようにおこまがくるりと背を向けた。すると珍しくもおこまの体から香の匂いが漂った。徹夜旅で汗を掻いた臭いを消すために身につけた匂い袋だろう。

山門から本堂まで二十間、左右から差しかかった枝葉と下草に隠れてようやく人ひとりが通ることのできる道が残されていた。

視界を閉ざす参道を抜けると本堂が姿を見せて、破れ格子の向こうに、

ぼうっ

とした明かりが灯されていた。

おこまは板が抜けた階段を避けて、空樽を踏み台にして回廊に上がった。

あかが空樽を踏んでひょいと回廊に飛び上がり、影二郎が最後に続いた。

本堂の中は盗まれたか仏像仏具のかけらも須弥壇もなく、七、八十畳の広さの板の間に湿気った畳十枚余が重ねてあり、その上に行灯がおかれて、じりじりと灯心の燃える音がして、辺りにかぼそい明かりを投げていた。

女衒の歌右衛門と朋造は仏壇があったと思えるところに立つ円柱に身を括り付けられていた。

囚われ人はぐったりと顔を前に垂らして半ば眠りこけ、酒の匂いを漂わしていた。

「よう捕まえられたな」

影二郎が二人の傍らの重ね畳の上に腰を下ろす菱沼喜十郎に声をかけた。

「女衒どもに情けや涙を求めたとて無駄にございましょう。仁安先生から長手の達なる鞭使いがもはや元の体に戻らぬと聞いた上に治療代を払うのが嫌になったと見えて、親切にも納屋を貸し与えた仁安先生のところの酒を呑み尽くして、夜半前に酔っぱらった足取りで逃げ出したのでございますよ」

どうやらそこを菱沼喜十郎、おこまの親子は手取りにしたらしい。

「罰(ばち)あたりめが」

と吐き捨てた影二郎は、

「それにしてもよう二人をこの破れ寺まで担ぎ込めたな」

「仁安先生の家とは二丁と離れてございませんので」

と喜十郎が笑った。

腰から法城寺佐常を鞘ごと抜くと鐺で歌右衛門の頭を突いた。すると、ぴくん、と体を起こした歌右衛門が酔眼を巡らしていたが、陥った状況が理解できぬのか、

「小便が」

と漏らした。

「したくば、その場でせよ」

影二郎の言葉に、
はっ
と意識を取りもどした歌右衛門が眼前に立つ影二郎の顔を見上げて、

「な、夏目影二郎」

と呟いた。

「いかにも夏目じゃ。どうだ、廃寺の寝心地は」

歌右衛門がきょろきょろと辺りを見回し、ようやく自らの立場を理解して悲鳴を上げた。それでも酒臭い顔を振り立てて何事か思案していたが、

「娘たちは解き放ったぞ。これ以上、なにを望む」

「関東取締出役石動万朔の庇護を受けて、関八州に娘を騙し歩いている様子だな。石動に目こぼし料いくら支払ったな」

くそっ、と歌右衛門が罵り声を上げた。

「夏目影二郎、石動の旦那に申し上げて、てめえをひっ捕えて厳しい折檻をしてくれようか」

「ほう、勇ましいな。石動にはどこに行けば会えるな」

「うるさいや、石動の旦那は私の頼みの綱ですよ。八州殺しのおまえなんかが手を出せる相手ではないよ」

と急に勢い付いた歌右衛門が、

「なぜ石動様の行方を追う」

「聞きたいか、女衒。関東取締出役を支配する幕閣から石動の始末を命じられたと思え」

影二郎がはったりをかませると、

「馬鹿を言うねえ、石動の旦那は大事な御用に就いていなさるんだ、そんな命が下るものか」

とあっさり歌右衛門が言い切った。

大事な御用とは国定忠治を捕縛する特命を帯びているということか。

「石動万朔と最後に会ったのはいつだな」

「そんなこと答える要はねえ」

歌右衛門の傍らで酒に酔って眠り込んだ朋造が寝小便をしたか、臭いが辺りに漂った。すると歌右衛門が自由になる足先で朋造を蹴飛ばすと、

「馬鹿野郎、目を覚ませ」

と怒鳴った。

「うーむ、もう呑めねえ」

「朋造、小便が流れてくる」

朋造が、なんだと、と応じながら後ろ手に縛られた手を動かそうとして囚われの身に気付いた。

「だ、旦那、どういうこった」

「八州殺しの手に落ちた」

「なんだって」

と朋造が目を見開いて辺りの様子を窺い、

「なんで捕まったんだ」

と初めて不安げな声を出した。

「知るけえ」

「朋造、友達甲斐もなく長手の達を見限って、仁安先生のところからおさらばしようとしたそうだな」

「あっ！」

と驚きの声を上げた。するとおこまが、

「鳥追い女なんぞに気を許すもんじゃないよ」

と笑いかけた。

「おめえらは八州殺しか。われたちを捕まえたって一文にもならねえぞ、お門違いだ」

「そうかな、朋造。石動万朔の居場所を承知か。ならば縄目を解かぬこともない」

「石動の旦那と会うのは歌右衛門の旦那だけだ、長手の達兄いも知らねえよ」

影二郎が手にした先反佐常の鐺が歌右衛門の喉を押した。

「ひえっ」

喜十郎が畳の上の明かりを二人の前に移した。そのせいで歌右衛門の苦悶の顔が浮かび上がって見えた。

「驚くのは早い」

「この鐺をぐいっと突けば長手の達同様に喉が潰れて声が出なくなるかもしれぬ。仁安先生のもとに送り込んでやろうか」

「止めてくれ」

「石動万朔と会いたい。どこに行けば会える」

影二郎が鐺を押し付けると、

「知らぬ知らぬ」

と歌右衛門が首を横に振ろうとしたが、鐺ががっちりと動きを止めていた。

「く、苦しい」

「話すか」

「八州廻りは一夜として同じ宿場に泊まることはない。石動の旦那が今、どこにいるかなんて知るものか」

「最後に会ったのは何日前だ」

「十日も前だ」

影二郎の先反佐常の鐺が歌右衛門の喉元から引かれた。

「どこで会った」

「言えるものか」

朋造に影二郎は先反佐常の鐺を向けた。

「朋造、命が惜しいか」

「まだ女も抱きてえ、酒も呑みてえ」

「朋造！」

と尖った声を歌右衛門が発した。

「旦那、おれの気持ちを言っただけだ」

「喋(しゃべ)るんじゃねえ」

と歌右衛門が警告を発した。

「あか」

と影二郎が本堂の入口に控えていたあかを呼んだ。あかが即座に応じて立ち上がり、
ううっ
と牙を剝き出しにして歌右衛門と朋造に迫った。

「長手の達もあかに足首を嚙まれて墓穴を掘った。女衒か、三下か、どちらの喉笛を食い破らせるな」

影二郎はあかのために場を開けた。

「あか、好きな方から喉元を食い破れ」

「ま、待ってくれ。おれの知っていることを話す」

朋造が必死の形相で叫び、歌右衛門が罵り声を上げた。

「あか、待て」

影二郎があかを制止して朋造を見た。

「旦那が石動様に会ったのは二日前のことだ。おれは例幣使街道の合戦場宿で石動様の姿を脇本陣裏の旅籠前で見かけたんだ」

「朋造、おまえは石動様に会ったこともあるまいが」

と歌右衛門が朋造を牽制した。

「旦那、道案内の毘沙門の三八をこれ見よがしに先導させて名乗りを上げたんだ、間違いっこねえ」

「朋造、それが二日前のことか」

へえ、と影二郎の問いに朋造がうなずくと、

「おれっちは合戦場宿外れの百姓の娘を買いに行っていたんだよ」

「その娘もおはつら四人の中にいたか」

いたいた、と朋造が顎をがくがくさせた。

「おれが知っているのはそれだけだ」

「朋造、石動ら一行はどちらに向かったか、承知か」

朋造がちらりと歌右衛門を見た。

「朋造、なにを喋っているか分かっていいような。おまえはこの場は助かっても石

動の旦那に殺られる運命だ」

影二郎が懐から五枚の小判を朋造の足元に投げた。

朋造の顔が行灯の明かりに光る小判を見た。

「あの夜、馬方が集まる煮売酒場に行ったと思うてくれ」

歌右衛門の目がぎらりと朋造を射竦めた。

「朋造、命とりになるのが分からんか」

「おりゃ、五両が欲しい」

「話せ」

と影二郎が命じた。

「おれが一人酒を呑んでおると道案内の三八親分の手先が二人で呑みにきた」

「ほう、それで」

「明日は追分行きじゃが、縄張り内に忠治親分がいるとも思えねえがな、と首を傾げるのをもう一人が慌てて口を塞いだ」

影二郎は歌右衛門の反応を見ていた。両眼に恐れと思える表情が浮かんでいた。

立ち上がった影二郎が先反佐常を抜いた。

「き、きたねえぜ、喋らせるだけ喋らせて殺す気か」

朋造が喚き、歌右衛門がけたけたと笑い声を上げた。

反りの強い大業物が歌右衛門の鼻っ面に伸びて、ひええっ、と悲鳴を上げた。

佐常の切っ先がさらに朋造の体へと向かい、朋造が恐怖に顔を歪(ゆが)めた。だが、切っ先は後ろ手に縛られた縄目に突っ込まれて、

ぷつん

と切られた。

「ひやっとしたぜ」

と手首に巻きつく縄を捨てた朋造が、

「五両、貰っていいんだな」

と念を押した。

「約定じゃ。女衒の旦那の目の届かぬ土地で暮らすのだな」

「おりゃ、杣(そま)じゃ、山に戻る」

朋造が五両を掻き集めると、ぺこりと歌右衛門にとも影二郎にともつかず頭を下げると破れ寺の本堂から出ていった。すると急に静寂が本堂を支配した。

「さて、歌右衛門、そなたの身の始末じゃな」

「殺すなら殺せ」

と女衒が虚勢を張った。

「喜十郎、こやつの持ち物はどれか」

「影二郎様、これにございます」

とおこまが暗がりに置かれた三度笠と道中合羽に長脇差などをまとめて明かりの近くに持ってきた。振り分けの荷を見た影二郎が、

「おこま、小行李（こごうり）を開けてみよ」

「や、止めてくれ、わしの持ち物だ」

と歌右衛門が今夜一番の悲鳴を上げた。

「よほど大事なものが入っておるようじゃぞ」

おこまが後ろ帯に差していた短刀を抜くと小行李を結んだ帯をぷっつりと切って、蓋（ふた）を開いた。すると浴衣、三尺手拭い、脚絆、下帯、鼻紙、財布などの身の回りのものが出てきた。

「ほれ、見ろ。わしの身の回りの品だ。財布の中の銭が欲しければ持っていけ」

と歌右衛門がおこまを牽制した。だが、おこまはもう一つの小行李を開いた。

すると風呂敷に一包みになったものが入っていた。

「汚れ物だ」

と歌右衛門が叫び、おこまが風呂敷を解くと広げた。

書付の束は身売りをした娘たちの証文か。

「身売りの金子も払わずに、ようも証文だけを抜け目なくとる悪知恵だけは働くな。喜十郎、証文なれば燃やしてしまえ」

「止めてくれ」

と歌右衛門がさらに悲鳴を上げた。

次におこまは包金四つを出し、さらに油紙に包まれたものをつかんでいた。油紙をおこまが無造作に開くと、
ごくり
と歌右衛門が唾を呑み込んだ。

「あら、おもしろいものが出てきたわね」

とおこまが初めて笑みを浮かべると、油紙から出てきた書状を影二郎に渡した。

宛先は南町奉行鳥居甲斐守様とあり、差出人は関東取締出役石動万朔とあった。

ぼうっ
新たな炎が上がった。喜十郎が身売り証文と確かめた書付に行灯の炎を移したからだ。

「や、止めてくれ。わしの証文だ」

「喜十郎、何枚あるな」

「大谷村野尻のおはつら四人の娘の名が記してございます。四通とも燃やしてようございますな」

「昨夕はうっかりと証文のことを忘れていたわ。燃やせ、燃やせ」

炎がさらに高く上がった。

影二郎は石動が鳥居に宛てた書状を懐にねじ込むと再び歌右衛門の前に立った。

歌右衛門の両眼が恐怖に見開かれた。

先反佐常が歌右衛門へと伸ばされ、

「ひええっ、命は助けて下され」

と哀願した。

その瞬間、法城寺佐常の切っ先が足を投げ出して座る歌右衛門の縄目を切ると鞘に納められた。

「た、助かった」

と歌右衛門が思わず漏らし、影二郎は先反佐常の鞘を元に戻して腰を下ろした。

そして、縄目を解かれた両手を擦り合わせる歌右衛門の鳩尾にいきなり鐺を突っ込んだ。

「きゅっ」

という呻き声を上げた女衒がくたくたとその場に崩れ落ちるように気を失った。

「命を取るほどの者でもあるまい」

影二郎の声が破れ寺の本堂に響いた。

四

栗橋宿外れの破れ寺に意識を失った歌右衛門を残して影二郎一行は利根川河原に下りた。おこまが提げた小田原提灯を頼りに上流へと向かった。

影二郎は南蛮外衣に一文字笠を被り、喜十郎は道中羽織に首筋に綿を入れた布を巻き付けていた。鳥追い姿のおこまは薄綿を入れた道行衣のようなものを重ねてその背に三味線を負っていた。道中嚢を首から自分の腹前に抱えるように吊るしていた。

商売用の日和下駄から草鞋に替えたおこまの菅笠が風にばたばたと鳴った。

利根川の上流から吹き来る風は頬を切るように冷たかった。

一行が訪ねた先は、渡し場の上流の河原に舟小屋を持つ武吉のところだ。

刻限はまだ未明、八つ（午前二時）前後と思えた。

影二郎が小屋の戸を叩くとすぐに、

「だれだ、今時分」

と警戒の声が尋ね返した。

「先夜は世話になった、犬連れのそれがしを覚えていよう」

「酔狂な旦那かえ。こんな早くなんの用だ」

影二郎は答えない。

ふうっ
と息を吐く様子を見せたが、それでも戸は開かれなかった。

囲炉裏の灰の下の埋み火を掘り起こして粗朶でもくべたか、小屋の中にぼうっとした明かりが灯り、戸の隙間から漏れてきた。

戸が開かれた。

「娘ら五人はちゃんと向こう岸に送り届けたぜ」

「見ておった」

武吉は影二郎の足元のあかを見て、さらに菱沼親子に目を留めると、

「仲間が増えたか」

「そういうことだ」

「向こう岸に渡りたいか」

影二郎が一分金を渡した。

「舟の仕度をする、ちょいと待ってくれ」

と武吉は岸辺に舫った舟に向かった。

影二郎らが小屋に入ると土間に切り込まれた囲炉裏の粗朶が燃えて、寒風に晒されて河原を歩いてきた影二郎らをほっとさせた。

おこまが小田原提灯の明かりを消し、喜十郎が粗朶の燃え尽きる前に燃え差しの流木を載せて、火を燃え移らせようとした。

影二郎は石動が鳥居に宛てた書状を披くと読み下した。

《南町奉行鳥居甲斐守様、長岡忠次郎の一件、段々と包囲の輪を絞り込みつつ候。忠治の首、鳥居様にお目にかける日も間近に御座候。

また例幣使先遣御方麻比奈君麻呂様のご一行とはこの一両日中にお会いし、上様の日光御社参について諸々を話し合う所存に候。また予てより危惧なされし大目付の妾腹をこちらに差し向けるとの事案、確かに承り候。

天保七年の八州殺しはいざ知らず、此度は聊か事情が違うことを骨身に染みさせる企てあり、ご安堵の事此処に畏まって御約定申し上げ候。

最後に関八州の同志への回状の成果、近々報告候段ここにお知らせ候。

石動万朔》

関東取締出役は江戸町奉行の支配下ではない。その石動が鳥居に関八州の事情を差し出すこと自体異常であった。

(鳥居も石動も図に乗り過ぎておるわ)

影二郎は書状を巻き戻して懐に入れた。

「影二郎様、一年一年寒さが骨身に応(こた)えるようになりましたよ」

喜十郎が火吹き竹を手に笑った。

「密偵に隠居なんぞ許されるものか」

「使い捨てが相場と承知をしていますがね、なんの因果か」

「この商売が好きとみえる」

「おこまに子でもできれば隠居も悪くない」

「生憎その様子もないか」

「ございませんな」

影二郎と喜十郎の掛け合いにおこまが苦笑いした。

「男衆が勝手なご託を並べておられるよ、あか」

燃え差しの流木に火が付き始めたと思われたとき、武吉の声が外からした。

「旦那、仕度はできた」

「武吉、火はどうするな」

「そのままにしておいてくんな。今日は仕事はやめだ、あとで二度寝をする」

影二郎らは岸辺に舫われた利根川の漁り舟に一列に並んで乗った。あかは舳先に近いところでおこまは男たちの間に座した。

「影二郎様の御用旅にお付き合いするようになってとうとう舟に慣らされましたよ」

「いかにもさよう、いくつもの暴れ川を乗り切って甲羅を経た。夜の利根川渡りなどもの足りないとみえる」

影二郎が薄く笑った。

「旦那、なんだか栗橋宿が賑やかだよ」

と流れに舟を押し出した武吉が武州(ぶしゅう)側を振り返った。確かに提灯の明かりがちらほらしていた。

渡し場は明け六つ（午前六時）が決まり、旅人が起き出すにはいささか早かった。

「なんぞあったか」

と応じる影二郎の声はのんびりと聞こえた。

ぱあっ

と夜空に狼煙(のろし)が一つ上がった。それを確かめた武吉が、

「旦那、訊いていいかね」

とわざわざ断った。

「なんなりと訊け」

「旦那は八州狩りかえ」

「その昔、そのような真似をしたこともなくはない」

影二郎は正直に答えた。

「国定の親分を追ってなさると聞いたが、ほんとのことか」

「娘たちが話したか」

「いいや、おはつと賀四郎がぼそぼそと話す声が耳に入った。水上では思わぬところから話し声が伝わってくるもんだ」

「忠治は縄張りを離れて死んだと聞いた」

「八州狩りの旦那の言葉とも思えねえよ。忠治親分がそう簡単に死ぬものか」

「そんなものか」

と応じた影二郎は、

「江戸で忠治が今市宿外れに姿を見せたと聞いたでな。大かた忠治を騙る偽者と思うておる。じゃが、命じられれば確かめなければならないのがわれらの務め」

「八州様方も続々と今市宿に集まっておられますよ」

「石動万朔と申す八州役人じゃな」

「旦那が六、七年も前に始末した八州役人なんぞは可愛らしいものよ、石動の旦那に比べればね。あいつの通った後にはぺんぺん草も生えないどころか死人の山というぜ」

「なかなかの評判だな、会ったことがあるか、武吉」

「ご免蒙りましょう。おりゃ、石動の臭いがしたらすぐに逃げ出す。碌なことはないからね」

「そいつは賢い。それにしてもなぜ石動は毛嫌いされるな」

「そこだ」

舟は利根川の流れの中ほどに掛かっていた。暗い大河を渡る舟の真上に星辰が煌めいて朝が訪れるには間があることを教えていた。

寒い。風がないことが救いだった。

舳先に座ったあかは、いつしか身を丸めていた。

「石動万朔という八州廻りの小役人は別の貌があると裏街道をいく連中が話すのを聞いたことがある」

「別の貌とはなんだな」

「旦那が八州狩りの異名をとってなさるように石動には奨金狩りの名があるそうな」

「奨金狩りだと、喜十郎、おこま、耳にしたことがあるか」

「いえ」

「存じません」

と親子が答えた。

「おれも初めて聞いた。武吉、話が確かなれば褒美を遣わす」

「渡し賃の他に褒美だって。この話は、鹿沼の繁蔵親分と子分を夜中に川渡ししたときに小耳に挟んだことだ。真かどうかと問われてもおれには答えられねえ」

「真偽の判断はわれらがいたす」

「なんでも江戸におられる方と関八州の分限者の旦那衆が組んで、入れ札をして自分たちに都合が悪い人間の首に奨金を十両、十五両と懸けてよ、その者を捕まえたり、殺したりしたら金子が貰えるそうな」

「お上の触れをないがしろにする定めだな」

「石動万朔はその元締め下とかで、奨金首の身許を確かめ、そいつが正しければ奨金を渡すそうだぜ。もっともこんな噂はほら、よた話と相場が決まってる」

武吉は耳にした話に自分の考えまで付けて述べた。

「影二郎様、石動は幕府関東取締出役でありながら、秘密の組織の御用を務めているのでしょうか」

とおこまが訊いた。

「その問い、おれの懐の書状が答えてくれるかもしれぬな」

と応じたとき、武吉が操る漁り舟は中田の渡し場より下流の岸辺に舳先を着けた。

「武吉、また世話になることもあろう」

影二郎が一両を武吉に渡した。

「驚いたな、舟の上で耳に入った話が一両かえ、おれの稼ぎの何か月分にもなる。貰っていいのかね」

「武吉、話す相手を間違わぬことだ」

「そりゃ、おれだって相手がどんな人間か分かるだよ、下手をすりゃ命を落としかねないからね」

あかが舳先から河原に飛び、喜十郎、おこま、影二郎の順で河原に下りた。

「最前の狼煙(のろし)が気になる。八州狩りの旦那、だれぞが手(て)ぐすね引いて待っていないとも限らないだ」

「武吉、精々注意していけ」

三人と犬の奇妙な一行は、利根川の渡し場を持つ中田宿へと河原を突っ切っていった。

下総国葛飾郡の一宿中田は、

「地名の起こりや開発の年代詳(つまびらか)ならず」

とある。

元和八年（一六二二）、永井直勝が古河城主のとき、下中田、上伊坂、小中田、古町を合わせて中田一宿として、この年十月に日光道中の宿駅と定めたと古書は記す。

総家数七十軒前後、住人四百ほどの宿である。

土手が宿の入口で堤の長さは千百三十五間（約二千六十三メートル）あって、利根川下流から宮前堤、町裏堤、新田堤の名が付けられていた。

影二郎らが上がったのは宮前堤だった。

先導するように先頭をいくあかの動きが変わった。

忍び足になり、腰を落とした歩きになった。

おこまが前に抱えた道中嚢の口を縛った紐を解き、片手を突っ込んだ。道中嚢の中には亜米利加国古留止社製造の連発式短筒が隠されていた。

堤の上に最初に上がったのはあかだ。足を止めたあかが背の毛を逆立てて、

ううっ

と唸った。

影二郎が堤に上がると堤下に二十数人のやくざ者が竹槍を立てて並んでいた。

「出迎えを頼んだ覚えはないが」

呟く影二郎に竹槍のやくざ者たちの真ん中が割れて、打裂羽織に野袴の武芸者とやくざの親分と思える派手な縞模様の羽織を着込んだ初老の男が姿を見せた。その帯前に十手が覗いていた。

「渡しは明け六つから暮れ六つがお上の定めた決まりだぜ」

御用聞きが言った。

「河原で夜を明かすのがお上の定法に触れるとは思わなかった」

影二郎が嘯いた。

「てめえらが向こう岸でなんぞやらかしたのは栗橋宿の兄弟分が知らせてきた。番屋までしょっぴく」

やくざと御用聞きの二足の草鞋を履く男は、未だ夏目影二郎の正体も知らずに捕縛しようと手勢を堤下に集めたらしい。

「名を聞こうか」

「てめえ、そりゃ、おれの問いだ」

「親分、おまえが名乗ればおれも挨拶に応じようか」

「古河から中田が縄張りの猿渡の助五郎だ」

「夏目影二郎だ」

「なにっ、八州殺しの夏目影二郎か」

猿渡の助五郎は思わぬ人間に遭遇した顔付きで驚きがあった。傍らの武芸者にも弾けるような喜びがあった。

「親分、奴なればそれがしに斬り捨てさせてくれぬか」

打裂羽織の武芸者は用心棒か、助五郎に断った。

「細根様、こやつが本物の夏目影二郎なればちと厄介でございますよ。兄弟分が押し渡ってくるまで遠巻きにして待ちましょうぜ」

「ならぬか」

「すべては兄弟分の指図があってのことですぜ」

猿渡の助五郎が細根の願いを拒んだ。

「助五郎、世の中、そなたらの都合ばかりで動くわけではない。われら、いささか先を急ぐ旅、押し通るぞ」

影二郎は南蛮外衣に身を包んだまま宮前堤の土手を下り始めた。

喜十郎もおこまもあかも、その後の展開を確かめるように堤の上から動かなかった。

「動くんじゃねえ」

助五郎の叫び声に竹槍の子分ら五、六人が土手を駆け上がり、竹槍の先を突き出して半円に立ち塞がり威嚇した。

影二郎は歩みを止めなかった。

「野郎、親分の命が聞けねえか」

竹槍の、火で炙った穂先が影二郎の身に迫って突き出された。

その瞬間、南蛮外衣の下に隠されていた手が外衣の片襟をつかむと、するり
と引き落とし、手首に捻りを入れると表地の黒羅紗が大きく広がり、裏地の猩々緋が提灯の明かりに照らされて燃え上がった。そして、影二郎が再び南蛮外衣に力を吹き込むと、襟元をつかんでいた手が外衣の一方の裾端をつかみ替えていた。そこには重し代わりに二十匁（七十五グラム）の銀玉が縫い込んであって、影二郎がその銀玉をつかんで大きく南蛮外衣を振り回すと、もう一つの銀玉が突き出された竹槍を次々に刈り取るように宙に舞い上げ、飛ばした。

「ああっ！」

と驚いて立ち竦む子分どもに大きく広がった外衣が襲った。

裾に縫い込まれた銀玉が子分の顔や胸や腰を叩いて土手の中ほどから土手下へ

と転がした。

「やりやがったな」

猿渡の助五郎が十手の柄に手をかけた。

「親分、この場は、細根源蔵に任せてくれぬか」

「殺しちゃなりませんぜ」

「殺すものか、元も子もないでな」

細根が意味不明な言葉を吐いた。

影二郎は土手の途中で足を止めた。そして動きを止めた南蛮外衣を片腕に引き寄せると足元に置いた。

「鏡新明智流の腕前をとくと確かめてくれん」

「細根、流儀を聞こうか」

「心極流秘法七剣会得者細根源蔵」

こう名乗った細根が黒鞘の剣を抜いて右足を後ろに引いて半身に保ち、刃を外側に向けると切っ先を右後方に流した。

右脇下から撥ね上げる脇構えだ。

それにしても心極流とは影二郎も初めて聞く流派だ。

細根に向かって着流しの影二郎が歩いていくと竹槍を立てた子分らが、

さあっ

と身を退いた。

ために細根源蔵と猿渡の助五郎の二人が堤下に残された。

影二郎は未だ法城寺佐常の柄に手もかけていない。

間合一間半。

互いが踏み込めば一気に生死の境を切る。

脇構えが相手の動きに応じて臨機応変の変化を見せるものであれば、影二郎から仕掛ける他にない。

ふうっ

と息を一つ吐いた。

次の瞬間、影二郎の体が、

すうっ

と前に流れて一気に二尺五寸三分の先反佐常が抜き上げられていた。

細根が影二郎の抜き打ちに合わせるよう踏み込んできて、脇構えが影二郎の腰に疾った。

先反佐常は細根の右脇腹から左胸に向かい、細根の脇構えからの変化は、影二郎の腰へと向かった。

互いに迅速の剣を出し合ったが、影二郎の抜き打ちに勢いがあった。

一瞬早く相手の脇腹に届いて先反佐常が細根の体を刃に乗せて、横手に放り出していた。

どさり

と斃れたとき、細根の死出の旅は始まっていた。

断末魔の痙攣を繰り返したかと思うと、ことりと動かなくなった。

その様子に一瞥をくれた影二郎が宿場へと入っていき、南蛮外衣を拾ったおこまらが影二郎に続いた。

猿渡の助五郎と一統はただ茫然と見送った。

第二章　奈佐原文楽

一

影二郎の一行は、中田の渡し場から古河宿へと向かい、朝を迎えた。

下総国古河は関東のほぼ中央に位置した譜代中藩で、天保十四年（一八四三）のこの頃は、土井家が八万石を頂戴して藩政を司っていた。

元々渡良瀬川、利根川の舟運を利用して栄えた城下だが、この古河、室町幕府初代将軍足利尊氏の末裔が、

「古河公方」

として滞在していた時代があった。

建武二年（一三三五）、対立する新田義貞との上洛争いの折り、尊氏は関東の

抑えとして嫡子義詮を鎌倉にとどめた。

その後、尊氏は義詮を京に呼び寄せたために嫡男の弟の基氏を鎌倉に配して鎌倉公方とした。以後、この鎌倉公方は、氏満、満兼、持氏と継がれて、持氏の末子の成氏の代に鎌倉を追われて、古河をご座所と定めた経緯があった。

ために古河は公方の町の呼び名があった。

江戸時代に入り、古河は陸上交通、舟運の要衝として発展してきたが、支配する譜代大名は、小笠原、松平（戸田）、小笠原（酒井）、奥平、永井、土井、堀田、松平（藤井）、松平（大河内）、本多、松平（松井）、土井家と十二家がくるくる替わり、影二郎らが足を踏み入れた折り、土井利里を初代とする土井家支配を迎え、四代目利位の治世下にあった。

この利位、天保十年から老中を務め、天保の改革を断行する水野忠邦が失脚した後、老中首座に就くことになる。

整然とした城下に入ると七つ（午前四時）発ちの旅人の姿が見られた。

「喜十郎、そなたら、江戸を出立してまともに体を休めておるまい。古河で仮眠をとって参ろうか」

「影二郎様、われら親子のことなればご斟酌無用にございます」

「こたびの御用、長くなる。一刻を急いだとて変わりあるまい。それより体を休めて英気を養うのも、今後を考えれば大事なことよ」

影二郎の言葉に、喜十郎・おこま親子がしばし黙り込んで影二郎の真意をどう受け取ればよいか考えた。

「古河は上様日光御社参の折りは宿泊もなされよう」

「いかにもさようでした」

忠治が日光社参の行列を襲うかどうかは別にして、日光社参に関する情報が無数に集まることも確かだった。

「影二郎様、私が宿を探して参ります」

おこまが表通りを避けて城下町の裏路地に走り込んでいった。

朝靄が漂う城下町の辻に立つ影二郎らの耳に起き出してきた商家の物音が聞こえてきた。

「影二郎様、土井様ご出世のきっかけは大坂城代を拝命なされた折り、大塩平八郎の乱が起こり、家老の鷹見泉石様が敏腕を揮って取り鎮めたことにございましたな、影二郎様が日光御社参の宿城と申されたので思い出しました」

「将軍宿城ともなれば大変な費用が要ろう」

「まず土井様の内証(ないしょう)は大変にございましょうな」

と喜十郎が答えたとき、おこまが路地口に姿を見せて手を振った。

「朝湯に浸かれる旅籠がございましたよ」

「それは重畳(ちょうじょう)」

おこまが影二郎らを案内したのは渡良瀬川が宿の裏を流れる旅籠で、別棟では渡良瀬川で獲れる川魚を料理して食べさせる料理屋も経営していた。

古河ではまず上等な旅籠であった。

「いささか贅沢にございましたが、朝湯を使える宿を探したらかような旅籠になりました」

とおこまが言い訳した。

「そなたらは江戸から徹夜旅をしてきた身だ。偶(たま)さかかような贅沢をするのもよかろう」

影二郎らが名主屋敷を改築したような旅籠〈わたらせ〉の玄関に立つと番頭と女衆が額を集めて何事か言い合っていた。

「許せ」

振り返った女衆の顔に困惑があった。

「お客様、うちの女衆が間違いを起こしたようでございましてな。本日は生憎と宿が埋まっておりまして」

と犬連れの影二郎らの風体を改めた番頭が断りの言葉を述べた。

「番頭さん、そんな」

とおこまが血相を変えた。

「番頭、われらが形を見たか。いかにもわれら得体が知れぬ浪人者に武士に鳥追い女、さらには犬連れではそなたらが迷うのも無理はない。宿に迷惑はかけぬ」

「と申されましても」

「朝の間から宿が埋まっておるなどという言い訳は聞かぬ」

影二郎が懐の財布を番頭の膝元に投げると、どさりと落ちた。財布は秀信がくれた路銀で膨らんでいたが、それをちらりと見る番頭に、

「預けておく」

「そう申されましても」

「そなたも旅籠の番頭ではないか。外見ばかりで人は見えぬぞ」

「でもございましょうが」

と番頭は未だ迷う風情を見せた。

「われら、夜旅してきたゆえ体を休めたいだけじゃ」

「江戸のお方ですか、名前はなんと申されますな」

「夏目影二郎」

番頭の顔色が変わった。

「夏目様と申されましたか。六、七年も前、関八州に関東取締出役六人が始末される嵐が吹き荒れたことがございます。私の記憶が確かなれば、その折りの始末人は南蛮外衣を着こんで犬を連れた風体と聞き及んでおります、あの夏目様にございますか」

「街道の噂を信じるか、番頭」

番頭が女衆を振り向くと、

「おさん、離れを夏目様方にご用意して。おい、だれか濯ぎ水を持ってこぬか」

と最前とは一変した満面の笑みで応じた。

「離れ屋なれば庭伝いでいけよう。いちいち母屋を通り抜けるのも面倒な、離れ屋の玄関口で草鞋を脱ごう」

「へいへい、夏目様の宜しいように」

おさんが土間に下りると、

「ささっ、お犬様もこちらに」

と三和土(たたき)廊下から母屋の裏へと案内しようとした。

影二郎が女衆に念を押した。

「湯に浸かれると聞いたが、さようか」

「へいへい、うちは朝湯が自慢でございましてな」

ほっとした様子でおさんが答えた。歩きながら影二郎が訊いた。

「この旅籠、関東取締出役とは敵同士か」

「八州様に逆らえる旅籠なんぞはございませんよ。この城下では八州ご一行様がお泊まりになられる宿は決まっておるんでございますがね、近頃の八州様はそのような宿を嫌ってうちなんぞに押し掛けて参られます」

影二郎の目に庭の向こうにうねり流れる渡良瀬川の水面から朝靄を吐き出す光景が望めた。

絶景の地に旅籠〈わたらせ〉の離れ屋は建っていた。庭の下には船着場もあって、川船が舫われていた。

「関東取締出役に許されておる宿賄(まかな)い賃は一日二百文ばかりと上限が定められておる。ようもこの家に泊まれるな」

「大きな声では申し上げられませんが、八州様、道案内ご一行十数人が宿場女郎を連れ込んで一晩どんちゃん騒ぎをいたしましたら、この家の費用は十両を超えることもございます」

「であろうな。その者たちは支払いはなすか」

「一文も支払わぬばかりか、手土産まで要求なさる八州様もおられます」

「おさん、その中に石動万朔が混じっておるか」

離れ屋の玄関でおさんが振り向いた。その顔に怯えが漂っていた。

「いるようじゃな」

おさんがこっくりとうなずいた。

離れ屋には昨夜客はいなかったと見えてひんやりとした空気があった。

「ただ今、火をお持ちします」

「おさん、湯殿は母屋か」

影二郎は南蛮外衣を脱ぎ、先反佐常を腰から抜くと玄関に置いた。

「はい、今すぐご案内を」

「喜十郎、なにはともあれ湯に浸からぬか」

「影二郎様、それがし、旅仕度を解いてあとから参ります。まずはお先に」

うなずき返した影二郎は、おこまが持たせた手拭いを提げておさんの案内で湯殿に入った。

〈わたらせ〉の湯殿は木の香りが薫る大きな湯船で、湯けむりの中に旅の隠居か、白髪頭の後ろが浮いているのが一つ見えた。

「一緒させてもらおう」

影二郎は冷たく冷えきった体にかけ湯をかけて朝露を落とし、湯船に静かに浸かった。すると後ろを向けていた頭がゆっくりと影二郎に向けられた。

「ご隠居、今朝はゆっくり旅かな」

「ときにそのような贅沢もようございましょう」

と答えた声音に、

「うむ」

と影二郎は隠居然とした男の顔を睨んだ。陽に灼けた顔には皺が刻まれて、頬も弛んで見えた。

「蝮の幸助、なかなかの扮装かな」

「南蛮の旦那、昔と違って大手を振って縄張り内を歩くこともできねえや。桐生の機屋の隠居の幸右衛門に身を窶しての隠れ旅だ」

「羽州じゃ、てめえらの田舎芝居に騙されたぜ」

「南蛮の旦那の本心とも思えねえ」

「蝮、おれを待ち伏せたか」

「栗橋の渡し場であぁ派手に振る舞われちゃ、だれもが八州殺しの夏目影二郎、再び関八州にご出馬だって知れ渡るぜ」

「忠治の伝言があるか」

「親分とは久しく会ってねえ」

「会ってないだと」

影二郎が睨んだ。

「古い馴染みがわざわざ会いに来たんだ。笑みの一つも浮かべるがいいや」

と言い返した幸助が、

「南蛮の旦那に虚言を弄したところで無駄、そんな手間はかけねえ」

と笑った。

「正直言やあ、親分と連絡すらつけられねえのがこちらの状況よ。どこでどう過ごしてなさるか」

影二郎は脳裏に上方辺りをさ迷う三人の家族を思い描いてみた。

（違うな）

忠治が異郷の上方で過ごせるわけもない。とはいえ、縄張り内に入り込むのも至難の業だろう。

「旦那も、忠治今市外れに現わるの報で、江戸を発ちなされたか」

「噂は噂と申すか」

「だれが流した噂か、そいつが大事なことだぜ」

ほう、と影二郎が考え込んだ。

「蝮」

「機屋の隠居の幸右衛門だ、旦那」

「おれの前で偽隠居を通したところで何の役にも立つまい」

「そうじゃねえ、己を騙す気概がねえと他人の目を誤魔化せるものか」

「いかにもさようだったな、幸右衛門のご隠居」

「親分の首に五百両の奨金が懸けられたのを承知か」

「なに、忠治の命は五百両か。一代の渡世人にしては大した奨金だな」

「今、この五百両を得んと、続々と奨金稼ぎがこの界隈に入り込んでおるのでございますよ」

「おれもその話小耳に挟んだが、真であったか」

「その昔、親分の縄張り内ではこんな話、冗談にしろ口にされなかったものですがね。人間落ち目にはなりたくねえものだぜ」

「幸右衛門のご隠居、言葉遣いがぞんざいに落ちましたよ」

「おっと、南蛮の旦那につられてしまった」

と苦笑いした蝮の幸助が、

「江戸でこの奨金を出すのは関八州の忠治嫌いの分限者らで、講のようなものを作って奨金を集めるとか。もっとも背後にどなたか控えておらぬと関東取締出役風情にこれだけの道具立ては設えられめえ」

「黒幕は江戸町奉行鳥居耀蔵か」

「さすがに夏目様、とっくにご承知だ」

と投げやりに褒めた。すると金主は別の人物か。

「街道の噂だが、黒幕は鳥居でも金主を妖怪が務めておるとも思えねえ。町奉行においそれと何百両もの金を都合できるものか。それに役人というもの、身銭は絶対に切らないものよ」

「全くだ。となるとだれですかな」

「忠治嫌いの分限者らの講か、どうもその辺に謎が隠されていると思える」

影二郎は女衒の歌右衛門の小行李から見つけた、石動万朔が差し出し、鳥居耀蔵に宛てた書状のことを考えていた。だが、あの文には、

「爆弾」

が隠されていると直感が教えていた。影二郎が所持しているより江戸の父常磐秀信に送ったほうがよさそうだ。

「関東取締出役石動万朔とはどんな八州廻りか」

にたり、と機屋の隠居に扮した蝮の幸助が笑った。

「御家人上がりで北割下水(きたわりげすい)の汚水が体の芯にまで染みついた男ですよ。金のためならなんでもやりかねないという噂ですけど」

「会ったことはないのか」

「あやつが近付くと四里先から腐臭がしてきますのでね、とっとと逃げることにしていますのさ。未だ近くで拝顔の栄には浴しておりません」

「妖怪どのが石動万朔に職権外の特権を与えたことは確かであろう。機屋のご隠居、こやつに張り付いてみねえか。そのほうが忠治を早く見つけられるかもしれねえぜ」

「考えてみましょう」

「ご隠居、青砥あるいは板取なる者に覚えはないか」

青砥、板取、と呟いた蝮が顔を横に振り、

「何者かね」

と訊いた。

「覚えがなければそれでよい」

蝮がしばし沈思したあと、

「旦那方はどうするね」

「例幣使街道合戦場に向かう」

「日光道中から例幣使に街道を変えるといいなさるか」

蝮の幸助が考え込んだ。

「分かりましたよ、夏目様」

と険しい顔で応じた国定忠治の腹心が両手に湯を掬(すく)い顔を洗った。

「忠治が縄張りに戻ったと噂を流したのはほんとうに石動か、奨金の源資(みなもと)はどこか」

「調べてみましょうかね。それにしても夏目影二郎様に会うと、気持ちがさっぱりしますよ」

「ご隠居、日光御社参の上様を本気で暗殺しようと企てている輩が真にいるのか、いるなればその者はだれか」

「驚きましたな」

「ご隠居、驚くにはあたるめえ。忠治にその悪名を着せようという野郎を探せば、こたびの騒ぎの原因が知れようというものではないか」

湯船の中で機屋の隠居が立ち上がった。すると片手に抜き身の短刀を隠し持っていた。

「蝮、体を労れ」

「旦那もな」

「忠治ほど重荷を負ってねえ身だ」

すると幸助が声もなく笑った。

「八州殺しの旦那、おまえさまの首に五百両の奨金が懸かっていると言ったら驚くかね」

「おやおや、おれも希代の渡世人と一緒の奨金が懸かったか。うれしいかぎりだぜ」

「達者でな」

「また会おうか、蝮」

蝮の幸助に戻った忠治の腹心がうなずき返して洗い場から脱衣場に姿を消した。

影二郎は肩まで湯に浸かった。すると幸助が戻ってきた様子があった。

「なんぞ言い忘れたか」

すると脱衣場から菱沼喜十郎が顔を覗かせた。

「影二郎様、どなたかと相湯でしたか」

「脱衣場でどこぞのご隠居に会わなかったか」

「いえ、だれにも」

「機屋の隠居め、この旅籠に泊まる銭もないとみゆる」

「なんのことで」

「世迷い言だ、気にいたすな」

と影二郎が答えていた。

二

この日、影二郎は秀信に書状を書き、女衒の歌右衛門の小行李から発見された鳥居耀蔵に宛てた書状を同封して古河宿の飛脚屋から送った。

関東取締出役の一人石動万朔が認めたと思われる書状の内容を知る者は影二郎だけで、菱沼喜十郎・おこま親子にも伝えていない。また親子の密偵らも影二郎に問い返そうとはしない。

その作業を終えた影二郎は朝餉の膳に着き、喜十郎と徳利三本を呑み分けて、三人して眠りに就いた。

夕暮れ、影二郎が目を覚ましたとき、隣に眠っていた喜十郎の姿も、隣室のおこまの気配もなかった。二度寝した影二郎が八つ半（午前三時）の刻限に目を覚ましたとき、喜十郎が床に入ったまま枕元に煙草盆を引き据えて、起き抜けの一服を楽しんでいた。

「行儀が悪うございますが、この癖は止められませぬ」

と言い訳して、

「影二郎様、よう眠っておいででしたな」

「そなたらのほうが疲れていように、おれのほうが途方もなく眠り呆けたわ」

「この年になれば眠ることにも体力が要ると分かるようになります。小便と一緒で、ちびちびと小分け寝でございますよ」

と苦笑いした喜十郎に隣室から、

「父上、朝の間からなんですね」

と父の言葉を咎めるおこまの声がした。

「おこま、寝たか」

「体の節々が痛むほどによう眠りました。あかも最前から目を覚ましてこちらの気配を窺っておりますよ」

「ならば仕度をしてな、いざ合戦場に出向こうか」

と影二郎が道中を再開する命を発した。

〈わたらせ〉の母屋で泊まり代を精算した影二郎ら一行は、この日の内に日光道中、野木、間々田、小山と北上し、小山外れで朝餉と昼餉を兼ねた食事を摂り、日光道中を外れると長閑な田園を抜けて、途中から巴波川に沿って例幣使街道の栃木宿の辻に出ようとしていた。

影二郎らが向かう合戦場は、例幣使街道十二番目の宿場だ。この間は、わずか三十三丁（約三・六キロ）と一里に満たない。

例幣使街道とは、日光東照宮の春の大祭に京の朝廷の派遣した日光例幣使がたどる道中ゆえこう名付けられたものだ。また江戸時代、例幣使とは朝廷から毎年日光東照宮へ幣帛を奉納するために参向した勅使のことをいう。勅使がたどる例幣使街道の行程は中山道倉賀野宿から今市宿まで二十二宿をぬける。だが、正式の例幣使街道はその中の十三宿だ。そこを神である家康の御霊に祈りを捧げる、

「金の幣」

を捧げて押し通った。

徳川幕府と朝廷の関わりを象徴した一行は、五十人ほどの一団で、京と江戸の威光を二重に着て無理難題を街道じゅうに振りまいて往来した。ためにこの界隈では例幣使の一行は恐れられ、嫌われていた。

同時に正保三年（一六四六）の四月以来、毎年連綿として繰り返されてきた例幣使は都合二百二十二回にも及び、京の文化流行が下野国に直に伝わった。また、道々には勅使の色紙・短冊が数多く書き残されて、庶民の間には疫病よけの

お札の代わりにする信仰も生まれた。

例幣使街道と小山道、足利道が交差する辻に出た一行は、栃木の宿場内に人影が絶えているのに気付かされた。

まだ陽も高い。

日光道中とは異なり、どことなく京の習俗が町並みに漂う街道にぴりぴりとした雰囲気が支配していた。

辻に陽射しだけがあって空っ風が砂塵を巻き上げていた。

「なんだか様子が違いますよ」

おこまが呟いた。

栃木宿は皆川氏五代の広照が、天正十九年（一五九一）に栃木城を築いて城下町の基礎を造った。だが、慶長十四年（一六〇九）、皆川一族の没落とともに廃城となったが、巴波川の舟運を利用して物産の集荷場町として栄えてきた。

栃木の地名の由来は、旭町の神明宮にあった十本の千木は遠くどこからでも見えたので、

「十千木」

と呼ぶようになり、千が十あれば万なので木偏に万を付けて、

「杤（とち）」

と読ませた。だが、明治になって県庁がおかれたとき、役人が誤って、

「栃木」

と中央政府に申告したのでいつしか栃木が通説になっていく。

とまれ、時代は未だ杤木宿時代だ。

つまり杤木は、商いの町だ。それが陽も高いというのにお店は大戸を下ろしてひっそりとしていた。

辻の真ん中に立った一行の足元に枯れた箒草（ほうきぐさ）が玉になり、風に吹かれて転がってきた。

「ちょいとお待ちを」

鳥追い姿のおこまが麻問屋の〈長持屋（ながもち）〉へと走り、臆病窓が切り込まれた通用戸を叩いた。だが、すぐに出てくる様子はない。さらにおこまは隣の煙草屋と看板が掛かった店の通用戸を叩いた。こちらは臆病窓が中から開き、おこまの風体を確かめていたが、何事か告げると、ばたりと窓が閉じられた。

おこまが影二郎らの待つ辻に訝しげな顔で戻ってきた。

「影二郎様、四月の日光例幣使ご一行に先駆けて例幣使先遣御方様一行が通過す

るとか。大戸を下ろして見てはならぬという通達が今朝になって届いたそうでございます」

日光例幣使は、例年四月の一日に京を発つ決まりがあった。中山道の倉賀野で例幣使街道に入った一行は今市で日光道中に移り、十四泊十五日の旅を終えて、翌十六日に京より持参した金の幣帛を奉納し、その日の内に下山して帰りは江戸に立ち寄り、東海道で京へ帰着する。

「例幣使先遣御方なる一行が本使に先がけて日光に参るのか」

影二郎も聞いたことがなかった。

「今年は将軍家日光御社参の格別な年ゆえ京より遣わされるとか」

おこまも首を傾げていた。

笙（しょう）の音が富田（とんだ）宿の方角から響いて、さらに人影の無い栃木宿に緊張が走ったように影二郎にも感じられた。

「どういたしますな」

「なんぞ妖しげな気配。先遣御方一行がどのようなものか、われら見物いたそうか」

影二郎らは足利道に寄った辻の端に立ち、富田宿の方角を見た。

遠くで竹竿の先にでも付けたような白いものが宙に舞った。

笙の、単音で奏でられる一本吹きの調べが段々と辻に近付いてきた。すると竹竿の先にひらひらしているのは巨大な金色の御幣(ごへい)であることが分かった。

巨漢の御幣持ちの後ろには白の被衣(かずき)に身を包んだ従者らが十数人、牛車(ぎっしゃ)を囲んで進んできた。

御幣持ちの竹竿が宙に投げ上げられて金色の御幣がひらひらと舞い、落ちてきた竹竿をつかんだ御幣持ちと影二郎の目が合った。

「お達しを存ぜぬ輩か」

語尾を引くような口調で御幣持ちが影二郎らを詰(なじ)った。

影二郎はそのとき、牛車の横手に葵と菊の金紋が麗々しく飾られてあるのを見た。

「ど頭(たま)をさげよ。われら、日光例幣使先遣御方、麻比奈君麻呂ご一行なるぞ」

「お遣いご苦労に存ずる」

「うむ」

と御幣持ちが影二郎を睨んだ。

「わが申すこと、そのほう分からぬか」

「天下の往来ゆえ例幣使街道を避けて足利道に控えております」

「おのれ、馬鹿にしくさるか」

「なにやらそのほうの口から妖しげな臭いが漂ってきたわ。糞尿か、腐った魚の臭いがいたすぞ、あか」

　と影二郎は愛犬に最後は、言いかけた。

「日光例幣使先遣御方を汚(けが)しやるか」

　牛車の中から涼やかな鈴の音が響き、傍らに従う内舎人(うどねり)が御簾(みす)の陰の主の命を承った。内舎人が影二郎を見て、

「そなた、名はなんと申すや」

　と問うた。

「江戸の住人夏目影二郎にござる。なんぞわれら差し障りがござろうか」

「なんのなんの、天下の往来、たれが通ろうと一向に差し支えない」

「ありがたきお言葉かな。それにしてもだれがかような人払いまで命じたのでござろうな」

「異なことにごじゃることよ」

　と内舎人が口に扇子を当てて、

「ほっほっほ」

と笑い、御幣持ちに先へ進むように命じた。

再び牛車が日光例幣使街道を合戦場に向かい、進み始めた。牛車が影二郎の前を通り過ぎた。

「夏目とやら、そこもととはまた会えそうな」

牛車の中からの返事は女の声音に近かった。

「麻比奈様とは女性(にょしょう)にございましたか」

「さあてのう」

異国から到来した香の匂いを漂わせた牛車がぎいぎいっと車を軋(きし)ませながら辻を進んでいく。再び笙の調べが響き、大きな御幣が宙に、

ばさばさ

と舞った。

その様子を影二郎らは見送っていると、

ばたばた

とお店の大戸が開けられ、辻から姿を隠すことを命じられていた住人や旅人が再び活動を開始した。

「浪人さん」

と声が掛った。

隠居然とした年寄りだ。

「私は煙草屋の隠居にございますよ。行列を止めてようも斬り捨てられませんでしたな、運がいい」

「ほう、あの者ども、行列を止めると人を斬るか」

「天明の宿で行列の前を横切った孕み女を斬ったとか、女は俄かの陣痛に家に急ぎ戻る途中であったとかでございますよ」

「老人、そなたは毎年例幣使一行を迎え、見送ってきたであろうが。先遣御方なる先乗りが通った記憶があるか」

「安永五年の家治様日光御社参の折り、私は五つにございましたがな、そのような先乗りが通過したという記憶がございませんので」

「国の内外あれこれと錯綜しておる。このような時にかぎり、あのような女狐が姿を見せるものよ」

「牛車の中は女にございましたか」

「声は女のものに聞こえたがな。狐狸妖怪の類なれば、なんとも正体はつかめぬ」

と応じた影二郎は、今や視界から消えた牛車の後を追って歩き出した。

「影二郎様、日光御社参に浮かれたか、変わった役者どもが名乗りを上げますな」

「喜十郎、麻比奈一行、京の朝廷とは縁もゆかりもない者どもであろう。はっきりとしておることがある。従者どもはかなりの遣い手じゃぞ」

喜十郎がうなずき、言った。

「影二郎様のことを牛車の主らが承知しておるやに感じましたがな」

「こちらの正体は知れておると考えたほうがよかろう」

栃木から合戦場までわずか一里足らずである。

影二郎らは半刻（一時間）をかけて合戦場の外れに到着していた。

合戦場という地名は、大永三年（一五二三）十月、宇都宮忠綱と栃木城主皆川宗成の両軍が戦い、皆川方に付いた小山、結城、壬生の一族の活躍で宇都宮の軍勢を敗走させた川原田の合戦に由来する。

宿の入口の右手に川原田の合戦の跡地があって、例幣使街道を挟んで左手に遊里の入口の大門が見えた。

「おこま、そなたと喜十郎は、そこの茶店で待っておらぬか」

「知り合いがおありなさいますので」

おこまが不思議そうな顔をした。

「悪名高い八州様の石動万朔と女衒の歌右衛門が会うたとすれば、悪所など似合いの場所と思えぬか」

「ほう、それは気が付きませんでした」

と喜十郎がおこまに代わって言い、おこまは、

「まだ陽もございます。私はちと稼ぎに精を出してきます」

と背に負った三味線を胸の前へと掛け直した。むろんおこまが稼ぎと言ったのは鳥追い姿で探索にかかることだ。

「それがしだけが茶店で番をするのもちと心苦しい。それがしもおこまの邪魔をせぬように最前の先遣御方ご一行のことでも聞き歩いてきます」

「ならば半刻後、この茶店で会おうぞ」

影二郎、菱沼喜十郎、おこまの三人は合戦場の宿内の思い思いの方角へと散っていった。

影二郎が遊里に向かって歩き出すとあかも従った。そんな主従の背に、

「海上はるか見渡せば、七福神の宝船……」

とおこまの声が賑やかな三味線の音に乗って流れてきた。

日光詣でをする旅人を相手の遊里だ。吉原の大門に擬した冠木門を潜ると十数軒の妓楼が対面するように並んでいた。

まだ明かりが入るには早い刻限だが、張見世には白粉を塗った遊び女たちが一文字笠を被り、着流しの腰に大業物一本を落とし差しにして肩に南蛮外衣を掛けた影二郎を見送った。

影二郎が漂わせる孤高の雰囲気と犬連れという奇妙な取り合わせに声を掛けあぐねたのだろう。

影二郎は一軒の妓楼に目を留めた。この楼だけは一段と暗く沈んでいるように思えたからだ。

張見世の中で独り文を書く遊び女が、どことなく江戸から流れてきた、そんな雰囲気を漂わしていた。

年は二十を五つ六つ過ぎたか。

遊び女としては盛りを過ぎていた。

影二郎は格子に寄った。すると女がその気配に顔を上げて、影二郎を見た。

「文を書く邪魔をしたな。少し話し相手になってくれぬか」

「私は体を売る商売、口先商いではございません」

と言いながらも格子窓ににじり寄ってきたが、影二郎の推測どおりに言葉遣いにやはり江戸者の気っ風が感じられた。

「お侍、どなたかを探しておられますので」

「関東取締出役石動万朔と女衒の歌右衛門が数日前にこの合戦場で出会うておるという話がある」

遊び女の両眼が丸く開かれた。

「そなたさまはどなたにございますな」

「夏目影二郎、無頼者だ」

「八州殺しの夏目様」

遊び女の顔が和らいだ。

「そなたの名は」

「花艶、という名を名乗るには盛りを過ぎました」

「花艶、よい名じゃ」

「八州廻り石動万朔様をどうなさる気にございますか、夏目様」

「未だなにも考えておらぬ。そなた、なんぞ石動に気がねをする所以（ゆえん）があるか」

「げじげじと八州廻りとは同じ空気を吸いたくもございませんのさ。その中でも石動万朔は格別の八州廻りにございます」

「毛嫌いするにはなんぞわけがありそうな」

ふうっ

と花艶が溜息を吐くと煙草盆を引き寄せて、煙管（キセル）に刻みを詰めて火鉢の火を移した。

すうっ

と軽く吸った花艶が吸口を影二郎に向けて差し出した。

影二郎は花艶の煙管で一服吸うと一両を添えて煙管を戻した。

「一服代にしては法外な」

「ときにかようなことがあってもよかろう」

「花艶にも運が向いてきたのかもしれませんね」

と薄く微笑んだ遊び女が、

「なにが知りたいので」

「石動万朔のことなればなんでもよい」

「女衒の歌右衛門と絡んでのことですね」

「あるか」

「うちの楼に久しぶりに若い娘が入ったのは今年の正月明けのことでした。その噂をどこで聞き付けたか、女衒の歌右衛門が姿を見せたのでございますよ。ですが、妓楼の主千左衛門(せんざえもん)様と落籍料がまるで折り合わず、一旦話は途絶えましたのさ。それから、一月もしないうちに歌右衛門がまた姿を見せましたのさ」

「執心じゃな、買い値を上げてきたか」

「いえ、下げたそうな」

「それでは取引になるまい」

「数日後、妓楼の主の千左衛門様の亡骸が宿外れの小川で見つかった」

「なんと」

「そしてその翌日、八州廻りの石動万朔が姿を見せたのでございますよ」

と花艶が影二郎の顔を見た。

三

「下野（しもつけ）やしめつの原のさしも草おのが思ひに身をや焼くらん」

古歌に謳（うた）われた沼、標茅ヶ原（しめじがはら）が遊里の背後に広がっていた。

影二郎は、沼を見下ろす小高い岡に建つ小体（こてい）な家にひっそりと明かりが入っているのを見た。

女衒の歌右衛門が関東取締出役石動万朔の手を借りて、ただ同然に十六の娘のおさなを身請けし、遊里近くに囲った妾宅の明かりだった。

花艶の話では、妓楼の主の千左衛門は江戸に訴えを出す考えであったようで、そんな最中の死であった。

その死も石動が探索の指揮をとり、

「夜道に足を踏み外しての溺死」

ということで決着が下り、おさなの強引な落籍の金子受け渡しもうやむやになったままだという。

「夏目様、私の考えではさ、若い娘に目のない石動万朔の好みを承知で二人の悪が仕組んだ千左衛門様殺しだと思いますよ」

と花艶は言い切った。

石動万朔と歌右衛門が合戦場で会っていたと告げた朋造は、この標茅ヶ原の妾宅の存在までは知らなかったようだ。

花艶は最後に、

「石動はまだ女になりきれない娘をいたぶるように責める癖がございましてね、おさなの元には八州廻り御用の合間にこれからも度々姿を見せますよ」

と請け合った。

影二郎は飯炊きお婆と二人暮らしという妾宅の明かりに一瞥をくれると、合戦場の遊里近くの茶店に戻った。すると、菱沼喜十郎とおこまの親子の姿がすでにあった。

夜の帳が下りると、昼間の旅人相手の茶店から土地の男衆相手の酒場に模様替えした店には馬方なんぞが屯して濁り酒を丼で呑んでいた。

だが、菱沼親子は行儀よく茶を喫していた。

「なんぞございましたので」

おこまは影二郎が遅くなった理由を問うた。

「いささか喉が渇いた。おこま、濁り酒を注文してくれぬか」

影二郎が願い、腰から先反佐常を抜くと二人が座る縁台の前に置かれた空樽に腰を下ろした。

南蛮外衣は肩に掛けたままだ。

「影二郎様、奨金稼ぎの面々がこの例幣使街道に入り込み、忠治を追っている噂ばかりが横行して確かな話はございませんので。このようなものが街道に出回っておるのをご存じですか」

と喜十郎が差し出したのは、奨金首が懸かった者の名と報奨金の値が記されたちらしだった。影二郎が受け取ると、
ちらしの真ん中に勧進元日光御社参振興会座頭と麗々しくあり、東の大関には、

「上州国定村長岡忠次郎　奨金五百金生死に拘わらず」

とあり、西の大関には、

「江戸無宿夏目影二郎　奨金五百金生死に拘わらず」

と同額が記されていた。

「噂ばかりと思うたが、かようなものまで出回っておるか」

「影二郎様、勧進元の日光御社参振興会座頭（ざがしら）なるものはなに者でございましょ

うな」

「得体が知れぬことは確かだが、だれがかようなちらしを信じるものか」

「さようでございましょうか」

と濁り酒を注文してきたおこまが話に加わった。

「どこに行ってもこの話で持ち切りにございますよ」

「かつての威勢が消えたとはいえ、忠治の名は関八州では未だ崇められておろう。その首を上げたとせよ、盗区の住人や数多の渡世人がそやつを許すものか。それに忠治の首をどこに持ち込むのだ。いったい、日光御社参振興会なるものはどこにあるのだ」

「ですから、関東取締出役に差し出せば五百両が貰えると風説が流れておりますので」

「なんとも奇態なことよ」

濁り酒が運ばれてきた。

男二人の酒は丼に、おこまの分は茶碗に注がれていた。

「姐さん、銭が先だ」

おこまが酒場の親爺に一朱を与えた。

「おまえさん方、酒を呑んだら早くこの場を去ったほうがいいだ」

親爺が囁き、おこまがきいっと見返した。

「わしは騒ぎが嫌いじゃ。おまえさん方を見てなんだかんだと噂をしておる連中が奥におるだ」

と言うと親爺が台所へ去っていった。

「本気にする連中がいると見える」

影二郎は冷えた濁り酒を喉に落として一息吐いた。

「影二郎様、江戸とは違います。根も葉もない噂がいつしか独り歩きして血の雨を降らせるのが忠治親分の縄張り内にございます。この酒を頂戴したらそうそうにこの宿を出ませぬか」

「おこま、合戦場が気にいった」

影二郎の答えにおこまが両眼を見開き、

「なんぞございましたので」

と訊いた。

「石動万朔がこの宿外れの標茅ヶ原に妾宅を構えておる。おさなと申す十六の娘の元に、いつ石動万朔が戻ってくるか、なんとか聞き出す手立てを工夫してくれぬか。この刻限、おれとあかが乗り込んだのでは、幼いおさなも怯えようからな」

影二郎は経緯を親子に告げた。

「となると、今晩は合戦場泊まりにございますな」

喜十郎が肚を決めたように丼の濁り酒を呑んだ。

その時、人影が三人の前に立ち、あかが毛を逆立てて身構えた。

汗の染みた小袖の着流し、腰に塗りの剝げた刀を一本落とし差しにした浪人だった。頰が削げ、青白い顔で幽鬼然とした不気味な雰囲気を漂わす浪人剣客だった。だが、顔に愛嬌がないこともない。

片手に胡桃の実を二つ握って、

かちりかちり

と音を立てていた。

「なんぞご用にございますか」

おこまが幽鬼剣客に訊いた。

浪人の手がまた動き、かちりと胡桃が音を立てたとき、酒場の奥からどやどやと渡世人が五、六人長脇差を手に姿を見せた。

「てめえ、おれっちの話を盗み聞きして先に奨金首をとろうなんてふてえ了見だぜ。この一件、おれたちが一番籤（くじ）だ、どきな」

渡世人の兄貴分が痩身の剣客に命じた。

「そなたらの腕ではこの者は斃せぬ」

胡桃が掌の中で、

かちり

と鳴った。

「吐（ぬ）かせ、おまえなんぞまともに食いものも食っていめえ。こやつを先に始末したら、余りものくらい渡してもいいぜ」

幽鬼剣客と渡世人が影二郎らをよそに睨み合った。

酒場の客の馬方たちが、

「数を頼んだ渡世人に百文賭けた」

「おれは胡桃の浪人の腕に百文だ」

と喧嘩沙汰を博奕（ばくち）のタネに空の丼二つに銭が投げ込まれてたちまち賭場が立った。

影二郎は残った酒を呑み干すと、

「喜十郎、落ち着いて酒も呑めぬ。どこぞに塒(ねぐら)を探そうか」

と言った。

対峙(たいじ)する二組の者たちが影二郎を睨んだ。

「今宵は合戦場に泊まる。用事があれば明日にでも出直して参れ」

影二郎は先反佐常を腰に戻すと南蛮外衣を肩に立ち上がった。

「目当ての奨金首に逃げられてたまるものか」

渡世人の兄貴分が立ち塞がろうとしたが、影二郎はすたすたと酒場の店頭から街道の真ん中に出た。

一方、菱沼親子とあかは店に残ったままだ。

渡世人らがばらばらと影二郎を囲んで、

「おまえの素っ首を叩き落とせば、五百両が頂戴できるんだ、逃がしてたまるか」

「そなたら、おれの首を落としたにせよ、どこにその首を持参する気か」

「勧進元に決まっていらあ」

「日光御社参振興会座頭とはだれのことだ」

「言うものか」

「関東取締出役風情では五百両なんて大金出せぬぞ」
「石動万朔様の後ろにはどでかい金主が付いてなさるのさ。首を叩き落とされるおめえが案じることもねえや」
と言い放った頭分が、
「やっちまえ」
と命じるや長脇差を抜き連れた渡世人が一斉に影二郎に迫り、四方から襲いかかろうとした。
影二郎の肩にかけられた南蛮外衣が、
ぱらり
と落ちて、次の瞬間、手首に捻りが加えられたかと思うと、両端に二十匁の銀玉が縫い込まれた南蛮外衣が黒と緋の花を咲かせ、踏み込んできた渡世人の長脇差を搦め取ると虚空に舞い上がらせ、額や腰を叩いて、
あっ
と叫ぶ間もなくその場に叩き伏せた。
影二郎の手がくるくると回り、
ひょい

と左の肩に南蛮外衣が戻された。

「そなた、何者か」

と幽鬼剣客が呟いた。

「こやつらの話を真に受けたか」

かちり

と胡桃が鳴って半身に構えた。

影二郎はなかなかの遣い手と改めて相手を見た。

「外他無双流赤星由良之進」

外他流は諸派があったが、そのすべてが小太刀で名を馳せた富田流の系譜を引いていた。赤星の剣は無双を自ら加えた独創の剣か。

「また会うこともあろう」

影二郎が言い残すと合戦場の高札場がある辻に向かい、菱沼親子とあかが続いて騒ぎの場から姿を消した。

「浪人さん、ありゃいくら五百両が懸かった首でも落とすのは無理だぜ、諦めな」

関八州を股にかけた定飛脚屋が言い出し、赤星が睨んだ。

最前喧嘩を博奕のタネにした馬方連も、

「飛脚屋、犬連れの浪人、そんなに強いか」

と街道通の定飛脚屋に訊いた。

「おまえさん方、覚えてないか。今から六、七年も前、悪名高い八州廻りの峰岸平九郎様方六人をこの関八州に追捕して悉く斃した八州殺しがいたことをよ」

「いたぞ」

と馬方の一人が叫んだ。

「その八州殺しの夏目影二郎様ってのが最前の浪人よ。百姓を食い詰めて俄かやくざになった連中なんぞ、ほれ、この通りだ」

と街道に倒れる渡世人を見た。

「思い出した、南蛮外衣に薙刀を鍛え直した刀を腰に落とし差しにした夏目影二郎様か」

「おうさ、その夏目様だ」

「待った」

と大声を上げたのは呑み屋の片隅で独り酒を呑んでいた隠居然とした年寄りだ。

「こたびの奨金首、おかしなことばかりだ。忠治親分の首に関東取締出役が奨金五百両を懸けるのは分かる。だが、なぜ、道を踏み外した八州様を粛清なさる夏目様の首に忠治親分と同じ五百両の奨金が懸かるんだ」

「隠居、そこがこの奨金騒ぎの胡散臭いところよ」

定飛脚屋と隠居の話を聞いていた赤星由良之進が影二郎らの後を追っていった。

翌朝、合戦場の高札場前にある旅籠に泊まった影二郎が目を覚ますと、すでに菱沼親子の姿はなかった。

囲炉裏の切られた板の間に行くと番頭が朝餉を食べながら、

「旦那、ずいぶんとのんびりした旅でございますな」

と声をかけてきた。

「連れは稼ぎに出たようだな」

「鳥追いの姐さんは犬を連れてもう一刻半以上も前に出られましたよ。それにしても朝っぱらからいくらなんでも鳥追いの商いが成り立つわけもなし」

と影二郎らの正体を怪しんだ番頭が言った。

「世間には酔狂な人間もいるものさ。喜十郎はおこまとは別々か」

「親父様は標茅ヶ原に釣りにいくと、朝早くから出掛けられましたよ」

と応じた番頭が、

「こちらの旦那に朝餉を用意しなされ」

と女衆に命じた。

「番頭、世間が狭くなっては身の置きどころもないわ」

「なにしろ幕府(おかみ)からしてご先祖頼みの日光御社参ですよ。日光道中から例幣使街道に怪しげな輩が現われても不思議はありますまい」

「昨日、出会うた日光例幣使先遣御方麻比奈君麻呂なんぞ、その極みに見えたがのう」

「京の公卿(くぎょう)様が考えることは、私ども東国者(とうごくもの)には分かりませぬよ。この行列の数日前に先遣御方の先乗りと称する連中が例幣使街道を下っていきましてな、先遣御方様お祓(はら)い料を各宿から五両ずつ徴収していきました。ご存じのように例幣使街道は十三宿にございますが、そのようなことはおかまいなし。倉賀野から板橋まで十九宿にお祓い料を割り当てて、それだけで九十五両の実入りです」

「払わぬとどうなるな」

「四月の例幣使様通過の折りにさ、菊と葵の御紋を借りた盛大な意地悪がなされましょうな、結局先にお祓い料を払っておいたほうが無難ということにございますよ」

と番頭が吐き捨て、

「夏目様、そなたさまの看板、八州狩りに今一つ、例幣使狩りを付け加えて頂けませぬかな」

と番頭が、影二郎の正体を最初から知っていたように真顔で言った。

囲炉裏端で影二郎が名物のしもつかれで朝餉を終えたとき、菱沼親子が戻ってきた。

「ご苦労じゃな」

囲炉裏端に上がってきた二人の体から寒気が漂ってきた。すでに朝餉を終えていた番頭におこまが、

「番頭さん、熱い茶を馳走して下さいな」

と願った。

「影二郎様、おさなの家の飯炊きにいくらか銭をつかませて話を聞き出しましたところ、石動万朔はこの次に戻ってくるのは十数日後と言い残して出かけたそうにございます」

「行った先は分からぬか」

「おさなは話し相手がおらぬで飯炊きの婆様になんでも喋るそうな、助かりました。こたびの御用旅は、今市外れの茶臼山と毘沙門山の間の集落に忠治親分を召し捕りにいくと申したそうで」

「江戸城中で流れる風聞と同じというところが気にかかる」

「どうなされますな」

「われらが御用はこの目で確かめることよ。囲炉裏端に隠居様のようにへばりついておるわけにもいくまい」

「ならば茶を喫しましたら出掛けますか」

宿代を支払い、合戦場の旅籠を出たのは四つ半（午前十一時）の刻限に近かった。まず目指すは一里三十丁先の金崎（かなさき）宿だ。

宿外れに差し掛かったとき、おこまが、

「あら」

と驚いたふうで、宿外れの道標に背を凭（もた）せかけた幽鬼剣客が掌の中の胡桃を、

かちりかちり

と打ち合わせている姿に目を留めた。

「赤星様、日向ぼっこにございますか」

おこまの問いに答えようともせず、通過する影二郎一行を見送った。

「影二郎様、殿様が記された青砥梅四郎、板取朝右衛門の二人の名がどこからも聞こえてきませぬのが不思議といえば不思議」

喜十郎は、およそ探索で名が上げられた者なれば、どこからか必ずやその正体や動きが見えてくるものだが、こたびにかぎりその兆しが見えぬことを訝しんでいた。

「喜十郎がすでに会っておるやも知れぬ」

影二郎が後ろを振り向くと、半丁後ろに赤星由良之進が従う姿が認められた。

「あの赤星様が青砥か板取のどちらかと申されるので」

さあてのう、と曖昧(あいまい)な返答をした影二郎が、

「石動万朔の餌に食いついてみようではないか。さすれば日光御社参の前座芝居がどのようなものか見えてこよう」

と嘯いた。

四

合戦場、金崎と進んで壬生通と合流する楡木に到着して街道を往来する人々が増えてきた。さらに楡木から八丁ばかりの奈佐原宿へたどり着いたところで小さな騒ぎにぶつかった。

宿場の家並みの真ん中辺に古い大きな茅葺きの屋敷があった。この宿の問屋萩原喜兵衛家で、日光御門主御休所でもあった。

街道に面した大家の前に高札場があって土地の住人や旅人が群がって触れを読んでいた。

「なんでございましょうな」

おこまが身軽に高札場に走り寄って大勢の背の後ろから高札を覗き込もうとした。

「鳥追いの姐さん、関東取締出役の手配書きだ」

文楽人形の首を両手に提げた年寄りがおこまに教えてくれた。

この宿には、例幣使街道や壬生通を通じて多くの遊芸人らが訪れて諸国の芸能を伝えていった。

この地で盛んに浄瑠璃(じょうるり)が演じられたのは文化(ぶんか)年間（一八〇四～一八）であったと伝えられ、おこまが訪れた天保期にも文楽が行われていた。

大方、背の高い年寄りは文楽の世話役か。

「凶状持ちが手配されておりますか」

「なあに八州様にとっては凶状持ちかもしれませんがね、私らにとっては義賊にございますよ」

と年寄りが声をひそめた。

「忠治親分の手配書きですか」

「いかにもさようです。親分の姿をこの界隈で見かけた者がいるというのですがね、一体全体だれが見たのか」

年寄りは手配書きを信じていないふうだった。

「八州様も親分の首に奨金なんぞ懸けて騒ぎを大きくする気ですかね。土地にはいくらなんでも親分を売ろうという恥知らずはおりませんよ」

「いかにもさようで」

おこまが踵(きびす)を返そうとすると、年寄りも頭を下げておこまに従うように付い

てきた。そして、軒下に待つ影二郎らの姿を目に留めて、

「なんと」

と絶句し、

「姐さん、まさか連れではございますまいな」

とおこまに問い返した。

「いかにも連れにございますよ」

「八州殺しの夏目影二郎様にも五百両の奨金が懸かっておりますぞ。それを知らずに旅をしておられるか」

「いえ、承知にございます」

「なんと剣呑(けんのん)な」

年寄りは足を早めると影二郎の前に向かい、

「ご一統、路地奥に」

と囁くと街道から裏手へと影二郎らを連れ込んだ。

「影二郎様、忠治親分や影二郎様の手配書きにございました。とうとう影二郎様も高札場に名が張り出される身になりました」

「いよいよ世間が狭くなってきたわ」

「呑気なことを申されますな」

影二郎とおこまの会話を聞いていた年寄りが口を挟んだ。

「触れはいつ回ってきたのであろう」

「およそ半刻も前に関東取締出役の小者がうちに投げ込んでいきました。今頃は例幣使街道の各宿にあなたさまの名が麗々しく張り出されておりますぞ」

「ようご存じかな」

「私が張りましたでな」

「なんと、そなたさまは萩原喜兵衛様でございますか」

とおこまが文楽人形の首(かしら)を持つ年寄りの身分に驚き、影二郎が、

「ご老人、そなた、われらが身を案じてくれるか」

「八州様がなにを考えてあのような手配書きを例幣使街道に張り出されたか知りませんが、上様の日光御社参という騒ぎに油を注ぐようなものですよ。関八州が大騒ぎに陥ることだけは確か」

「奨金稼ぎが入り込んでおるようじゃな」

「夏目様、そのようなのんびりとしたことでようございますので」

「それがしの首に五百両が懸けられる所業に覚えはないでな」

平然とした影二郎の答えにしばし沈思していた喜兵衛が、

「夏目様、こたびの旅は新たな八州狩りにございますか」

と問うた。

「おれの虚名も広く知れ渡ったものよ。こう評判が立つと御用どころではないな」

「八州様が忠治親分を目の敵（かたき）にする事の是非は別にしてよう分かります、関東取締出役と忠治一家は不倶戴天（ふぐたいてん）の敵同士ですからな。ですが、八州様を取り締まる夏目様を忠治親分と同列に手配する八州様になんぞ魂胆があるのかないのか、田舎の年寄りには分かりかねます」

と喜兵衛が答え、

「ともかく陽がある内に堂々とお顔を曝（さら）しての道中は騒ぎの元ですよ。陽が落ちるまで待ちませぬか」

「ご老人、暇つぶしがあるか」

「まあ、おいでなされ」

街道の裏手の林へと影二郎らを喜兵衛が案内しながら、

「奈佐原文楽の座頭にございましてな」

「問屋の主様の他にお顔をお持ちでしたか」

おこまが応じて喜兵衛が、

「倅に代を譲っての隠居の身、文楽だけが楽しみにございます」

と答えたとき、林から出てきた三度笠に道中合羽の旅人とすれ違った。陽が陰り始めた杉林の参道だ。お互いにちらりと一瞥しただけのすれ違いだった。

林の中から淨瑠璃の声が伝わってきた。

「よしあしを、なんと浪花の町外れ、玉造に身を隠す、阿波の十郎兵衛本名隠し、銀十郎と表は浪人、内証は、人はそれ共白浪の、夜の稼ぎの道ならぬ、身の行く末ぞ是非もなき……」

傾城阿波の鳴門十郎兵衛住家の段だった。

神社の境内の一角に文楽の舞台を設えた社務所があって、七、八人の年寄りたちが太棹の三味線や人形の首を使う独り稽古に余念がない。

舞台の上には、

「奈文」

の染め文字の幕が垂らされてなかなか本式な文楽だった。西の空には残照があったが、舞台の左右に篝火も二つ置かれて燃えていた。

「ようやく座頭が見えたよ」

と首を使う仲間が言った。

「出がけに八州様から手配書きが回ってきてな、倅がおらんで男衆に命じて高札場に張っておった。いくら嘘っぱちの手配書きでも関東取締出役から回ってくればいたし方ございません、張るのがうちの務めでな」

「座頭、ご苦労のことだ。嘘っぱちの手配書きとはなんだね」

「忠治親分の首に五百両の奨金がついたというあれですよ」

「いよいよ、高札場に張り出されては忠治親分、身の置きどころもあるめえな」

と応じた三味線弾きが影二郎らの姿に目を留めて、

「文楽見物の旅の衆か」

と喜兵衛に尋ねた。

「私が強引にこちらに引っ張ってきたのだよ、八州狩りの夏目影二郎様ご一行をね」

「ひえっ、驚いた。座頭は関八州に忠治親分と同じ手配が回る凶状持ちを連れてこられたか」

と語り役の老人が応じたが、顔には心から驚いたふうもない。

分かったぞ、と喜兵衛老人が手を打った。

「夏目影二郎様方はどうやら新たなる悪人退治、つまりは私利私欲に走る八州廻りの石動万朔様方の始末旅に就かれた。その先手を打って関東取締出役の石動様方が反対に夏目様狩りを企てておられるのではないかね」

「狙いは縄張りを離れた忠治親分より、この夏目様と座頭はいうだか」

「ふとそう思っただ」

おこまが影二郎を見た。

「おこま、忠治はおれのだしか。忠治が聞いたら怒りそうじゃな」

「夏目様、年明け早々に忠治親分は出羽の角館城下で焼死したという話が野州(やしゅう)にも伝わってきましたよ。それが今度は忠治親分が生きておるという話で手配書きが回ってきた。忠治親分は死んだのか、生きておるのか、どっちですね」

「ご老人、角館の黒田(くろだ)家に潜む忠治と妾のおれいを関東取締出役の関畝四郎と配下の者が襲い、何挺もの鉄砲を放って射ち殺した」

「なんと」

「それがしは炎の中に斃れた忠治を見た」

「ならば忠治親分は死んだ筈だ」

「いかにもさよう」

「ところが石動万朔様は忠治親分の手配書きをああして回しておられる。やっぱり忠治親分はただのだし、狙いは夏目様にございますか」

影二郎はもし喜兵衛老人の観測があたっているとすれば、関東取締出役風情の考えではなく、幕閣の確執がかたちを変えて騒ぎを生じさせようとしているのかと、思った。

「さあて、稽古を始めますぞ」

人形遣い、浄瑠璃語り、三味線弾きなどが所定の位置について、奈佐原文楽の稽古が始まった。

なかなか本式の稽古ぶりだ。

陽が西の山へと沈み、篝火の明かりが舞台を浮かび上がらせる。

「巡礼にご報謝」

と、言うも優しき国訛。

「てもしおらしい巡礼衆、どれどれ報謝進ぜよう」

実の父子とは知らず十郎兵衛とお鶴の対面の場が進行していく。

「国はいずく」

「あい、国は阿波の徳島にございます」

「なんじゃ徳島、さてもそれはまあ懐かしい。わしが生まれも阿波の徳島」

影二郎らは喜兵衛の親切心を思い、熱が入った親子対面の場の稽古を見物した。

「してその親たちの名はなんというぞいの」

「あい、父様の名は十郎兵衛、母様はお弓と申します」

娘の返答を聞いて驚愕する十郎兵衛とお弓、そこへ慌ただしくも境内に走り込んできた者たちがいた。

「いたぞ」

という声がして、十人ほどの人影が親子対面の愁嘆場を邪魔して姿を見せた。

影二郎らが振り向くと、三度笠の旅人が案内してきたのは武芸者の一団だ。大かた関八州に稼ぎを求めて渡り歩く面々だろう。稼ぎになれば賭場の用心棒、一揆潰し、やくざの出入りの助っ人から殺しまで引き受けようという血に飢えた者たちだ。

「お稽古の最中ですよ」

おこまが言い放った。

突然姿を見せた殺伐とした一団に文楽『傾城阿波の鳴門』の稽古は不意に中断

していた。

「夏目影二郎だな」

三度笠に道中合羽の男は最前、境内から出てきてすれ違った旅人だ。だが、形が羽織の帯前に十手をこれ見よがしに差した姿に変わっていた。

「そなたは何者か」

「例幣使街道、壬生通道案内の御厨の留太郎だ」

「関東取締出役の道案内だと」

「いかにも石動万朔様の道案内よ」

「石動は妾を合戦場に残して今市に向かった筈、道案内が旦那に従わず独り旅か」

「石動様の道案内はおれ一人じゃねえ。おまえが昔始末した八州様の時代と違うんだよ」

と胸を張った。

「八州様の手先が不逞の浪人を連れてなにをしようというのだ」

「知れたこと、てめえをふん縛って旦那への手土産と思うてな」

御厨の留太郎は、どうやら石動万朔の別動隊の人集めに携わり、これから石動を追いかける道中と思えた。

「やめておけ、火傷を負うのはおまえらだ」

留太郎が、「先生方」と浪人剣客を振り向いた。

おこまはそのとき、境内の暗がりになにを考えてか、赤星由良之進が佇んで

掌の中の胡桃をかちりかちりと打ち鳴らす姿を認めた。

影二郎は座頭の喜兵衛に、

「ご老人、そなた方の稽古を邪魔することになった」

「なんのことがございましょう。野州の人間は文楽もいいが、なにより血が騒ぐのは喧嘩出入りにございますよ。今度は私どもが見物に回らせてもらいます」

と奈佐原宿の問屋の隠居が笑みの顔で応じたものだ。

十人ほどの剣客らが斬り合いの身仕度を整えた。羽織を脱ぎ捨てる者、手槍の鞘を外す者、武者草鞋の紐を締め直す者もいた。

そんな様子を壮年の武芸者が見守り、

「留太郎、われらに約定された日当外の仕事じゃな」

と念を押した。

どこか西国訛が言葉遣いにみえた。

「本雇いは石動の旦那が決めること、こいつは番外だ」

「なんの利得もなしか」

「木佐貫の旦那、手を貸してはくれぬと言われるんで」

「この者を斃せばわれらに五百両の奨金が手に入るのだな。八州支配下ゆえ奨金はなしとあとで言われてもかなわぬ」

「そんなことを案じておられたので。間違いなく夏目影二郎を斃せば五百両はおまえさま方のものだ。この御厨の留太郎が立会人として石動様にしかと伝えますぜ」

よし、と初めて木佐貫が羽織を脱ぐと影二郎に向かい、

「お待たせいたしたな」

と頭を下げた。

「そなた、関八州は初めてか」

「先祖は肥後国のさる大名家の家臣であったそうな、真偽は知らぬ。東国は初めてでな、なにかと物珍しい」

と笑った。

「関八州は西国と異なり、幕領、大名の所領地、旗本の知行所、ついでに無宿人

と事情が錯綜しておる。勝ち馬に乗らぬと路傍で屍を晒すことになる」

「ご忠告承った」

と応じた木佐貫が、

「タイ捨流木佐貫敏八、そなたには遺恨はないが、首に懸かった五百両に執着いたす」

と微笑んだ。

「鏡新明智流夏目影二郎」

影二郎の名乗りに仲間たちが、

「それがしが一番槍を」

「いや、おれがこやつの素っ首を落とす」

と競い合った。

「影二郎様」

おこまが影二郎の命を待つ気配で歩み寄った。

「そなた方の手を借りるまでもあるまい」

と影二郎がおこまの耳に囁いた。

「しかと承りました」

おこまが離れると、影二郎は肩に羽織った南蛮外衣の襟を開いて、手槍を構える剣客の前に進んだ。

木佐貫は仲間の様子を見守るつもりか、背後に控えていた。

「宮田清源(みやたせいげん)、一番槍所望！」

と仲間に言い放つと、穂先をつつつ、と繰り出しながら踏み込んできた。

同時に影二郎の横手と背後に回った二人が宮田の一番槍の後に斬り込もうと迫った。

紫檀棹(したんざお)の三味線が景気よく掻き鳴らされて、

「海上はるかに見渡せば、七福神の宝船」

とおこまが景気を付けた。

「参れ」

剣の柄にも手をかけない影二郎を侮(あなど)ったか、手槍が、

ぐいっ

と突き出された。

その瞬間、影二郎の片手が南蛮外衣の襟にかかり、引き落として捻りを加えた。

黒羅紗の南蛮外衣が力を得て虚空に舞い上がり、その陰で影二郎の身が横に流れ

て、槍の穂先が煌めいて今まで影二郎が立っていた虚空を空しく突いた。

「なんと」

と慌てた手槍の主の額に二十匁の銀玉が襲いかかって倒した。横手と背後から剣を連ねて迫った二人も黒と猩々緋の変幻する南蛮外衣の反撃を受けて、その場に昏倒(こんとう)した。

一瞬の早業に境内が凍り付いた。

「いささか強敵かな」

木佐貫敏八が自ら立ち合う決心をしたか身仕度を始めたとき、境内の一角にある火の見櫓が、

じゃんじゃん

と打ち鳴らされ、その響きが宿じゅうに響き渡った。

おこまが見上げると赤星由良之進と思える人影が半鐘を叩いていた。

「くそっ！」

と吐き捨てた御厨の留太郎が、

「出直しだ、木佐貫の旦那」

と言うと影二郎が倒した三人の仲間を引き連れて消えた。

最後に木佐貫が、

「そなたの鏡新明智流、次なる機会にとくと拝見いたそう」

と言い残すと後を追って姿を消した。その後を、

「あか」

と呼んだおこまが尾行していった。

第三章　茶臼山の忠治

一

翌日の日没後のことだ。

関東取締出役石動万朔の道案内の一人、御厨の留太郎に案内された木佐貫敏八ら一行は、奈佐原宿の次の宿鹿沼に入ろうとしていた。

三人の怪我人を抱えた一行の後を鳥追いのおこまがひそかに尾行し、さらにその後を影二郎、喜十郎が見え隠れに従い、時におこまと影二郎らの間をあかが往復して互いの意を伝えた。また、さらにその背後には赤星由良之進がいた。

金魚のふんのようなのろのろ道中だ。

前夜、留太郎らの一行は奈佐原宿に泊まる予定であったが、留太郎が影二郎を見かけたことで予定が狂った。

木佐貫らの腕試しを兼ねて影二郎らを捕縛しようと考えた行動をあっさりと影二郎の南蛮外衣の妙技に打ち破られ、三人が怪我を負った。

赤星が打ち鳴らした半鐘のせいで奈佐原宿に大騒ぎを巻き起こしていた。

いくら関東取締出役の道案内と居直っても旅籠の居心地がいいわけはなさそうだ。

怪我人を連れて一里六丁先の鹿沼への夜旅をするらしいことが、あかが咥えてきたおこまの文で影二郎らに伝えられた。

そこで影二郎らも留太郎らを追い、例幣使街道を先に進むことにした。そのことを奈佐原文楽の座頭、萩原喜兵衛隠居に伝えると、

「あの者たちが奈佐原を避けたのは、怪我人を治療する医者がいないことも一因にございましょうな。この宿では怪我人病人は隣の鹿沼宿に運んでいきますでな」

と土地の人間らしい観測を述べた。

「ご隠居、死ぬほどの手傷を負わせたわけではない。じゃが、骨を何本か折った程度の怪我人三人を連れての旅は留太郎にもいささか予想外じゃな」

と応じた影二郎に、

「どこにお泊まりになるにしろ、この例幣使街道で面倒が起こった場合、奈佐原の喜兵衛の名を出して下されよ。さすればなにかと無理を聞いてくれましょうでな」

喜兵衛は、影二郎に「巡礼お鶴」の小さな首を渡してくれた。その首には、

「奈佐原文楽　座頭喜兵衛」

と記されてあった。

「例幣使街道の通行手形かな」

「お上が遣わされる通行手形と異なり、お守りみたいなものとお考え下され」

「ありがたく使わせてもらう」

影二郎は南蛮外衣の襟に「巡礼お鶴」の首を下げた。

次なる鹿沼は、

「鹿沼千軒とて、壬生より好き宿なり。中に小川流るる事、壬生に同じ」

と道中記に記されているほど例幣使街道でも繁栄した宿だった。

影二郎らは夜半に宿の中ほどに立つおこまと合流した。

「留太郎ご一行様は十手の威光であの旅籠に入りました」

おこまが街道に面した上横町の〈黒川屋〉を指した。

「怪我人はどうした」

「宿の男衆が本陣裏の医者の元に連れていきました。道中も留太郎は役立たずは置いていくと何度も言い張っておりましたが、木佐貫敏八は仲間を見捨てるつもりはないと言い切り、明日からの道中にも伴うようでございます」

「流れ者の剣客にしては情けを知っておるな」

影二郎は不逞の者たちを率いる木佐貫敏八の心がけに感じ入った。

「影二郎様、われらもどこぞに宿を探しますか」

喜十郎が鹿沼宿を見渡した。

鹿沼千軒の宿場とはいえ刻限が刻限だ。どこもが大戸を下ろしていた。

（野宿か）

と影二郎が諦めかけたとき、〈黒川屋〉の斜め前に建つ〈橋田（はしだ）屋〉の通用口から提灯の明かりが突き出されて、

「番頭さん、長居をいたしましたな」

と男衆を供にした大店の旦那然とした男が出てきて、

「指田（さしだ）の旦那、お気をつけて」

と番頭が外まで見送った。

「おこま、宿を願ってみよ」

影二郎が命じる前におこまが動いていた。

だが、番頭はおこまの鳥追い姿を見て顔を横に振った。

「番頭、いささか仔細があって宿に入るのが遅くなった。われら三人、相部屋で構わぬ」

影二郎がおこまを助勢したが、

「浪人さん、部屋はどこもぎっしり一杯ですよ」

と重ねて断られた。

番頭は足元のあかを一瞥して自分の判断が正しいことを確かめ、潜り戸の敷居を跨ごうとした。

その瞬間(とき)、影二郎の南蛮外衣の襟からぶら下がる文楽の首を見た。

「浪人さん、その首、どこで手に入れられましたな」

「奈佐原宿の萩原のご隠居から頂戴した」

「喜兵衛様からですと」

番頭が改めて影二郎らの風体を確かめるように見て、

「そなたさま、お名前は」

と訊いた。

「夏目影二郎」

まさか、という表情で番頭が念を押した。

「八州廻りの尾坂孔内を常陸の那珂湊で始末なされた夏目様にございますか」

「何年も前のことだ」

「驚きました。私はこの旅籠の番頭宥右衛門にございます」

と影二郎らに名乗った番頭が、

「どうやら日光御社参を前に八州殺しの大掃除の旅が始まったようで」

と独り合点し、ささっどうぞ、と潜り戸から影二郎の一行を誘い入れた。

「部屋はないのではないのか」

「今晩は指田の旦那の相手で酒を頂戴したせいか、人を見誤りました」

と宥右衛門が笑い、

「二階の上部屋が空いております」

とすぐに女衆に濯ぎ水を持ってこさせ、

「夏目様、夕餉はどうなさいましたな。湯は落としてしまいましたで、こちらは朝まで我慢して下され」

と最前とは打って変わった扱いになった。

「われら三人に、なんぞ腹を満たすものをくれぬか。それに犬にも残り物でよい、与えてくれ」

「膳は囲炉裏端に用意いたします」

「願おう」

女衆に案内されて通った二階部屋からは〈黒川屋〉の出入りが見渡せた。おこまが、

「影二郎様、父と交代で見張ります」

と最初に見張り役に就くと言った。

影二郎と喜十郎が旅仕度を解いて一階の囲炉裏端に行くと、最前まで酒が酌み交わされていたように宴の名残があった。

「姐さん、酒を少しくれぬか」

「ただ今燗をしておりますよ」

と番頭自らお燗番を務めている様子で台所から声が聞こえた。そして、

「温めにございますが、まずはこいつで喉の渇きを癒して下されよ」

と大徳利に蕎麦猪口を三つ運んできて、

「おや、鳥追いの姐さんは部屋に残られましたか」

「〈黒川屋〉の出入りを見張っておる」

「〈黒川屋〉さんにたれぞお泊まりですかな」

「石動万朔の道案内、御厨の留太郎よ」

「おや、夏目様方の狙いはあの梁田(やなだ)宿の女郎屋の倅でしたか、御用が好きで石動様のお先棒を担いでいる内に例幣使街道と壬生通の道案内になった小悪党ですよ」

番頭が蕎麦猪口に温めの酒を注いで影二郎と喜十郎に渡した。

「頂戴しよう」

夜旅のあとのことだ、温めの酒がすいっと喉を流れて胃の腑(ふ)を温めた。

「ふうっ、甘露(かんろ)にございますな」

と喜十郎が笑みを漏らした。うなずいた影二郎が、

「そなた、尾坂孔内を承知であったか」

と最前の番頭の言葉を振り返った。

「関東取締出役というお上の御用を嵩(かさ)にきたあやつらにこの近辺の人間で集(たか)られなかった者はおりますまい、役人だか悪党だか分かりはしませんでしたよ。私ど

もは江戸から来た南蛮外衣に一文字笠の侍が、関八州を隅々まで捜して尾坂の旦那を始め六人の八州様を始末した話を聞いてどれだけ快哉を叫んだか。その時の雄叫びを夏目様にお聞かせしとうございましたよ」

と言った番頭が二人の猪口に新たな酒を注ぎ、

「ですが、天保七年の八州様の悪ぶりは、ただ今の石動万朔様方に比べればかわいいものでした」

と静かな口調で怒りをあらわにした。

「石動万朔は凄腕と聞いておるが、どこがどう凄いのだ」

「なにしろ銭集めが尋常ではございません。例幣使街道近辺からだけでも何百両もの金を集めておられます」

「関東取締出役は金子を集めることが務めではあるまい。関八州の安寧を保つのがその御用」

「ですから、将軍様の日光御社参が無事終わることを願って関八州の悪人輩や無宿人をすべて取り締まるためには大金が要ると申されておられます。日光御社参を持ち出されてはどこも反対はできかねます」

「その金子が忠治やおれの首の奨金に変わるか」

「世のため人のための大掃除をなさる夏目様の御首に大金が懸かるのは、なんともおかしな話にございますな」

「つまりは悪人退治や奨金は名目、石動がかき集めた金子はだれかの懐に入る仕組みではないか」

「おそらくは」

と番頭の宥右衛門がうなずいた。

「そのお先棒を担ぐ一人が御厨の留太郎にございますよ」

「あやつ、それほど石動の信頼が厚いか」

「なにしろこの界隈の事情に通じておりますればな」

影二郎はどうしたものかと思案した。

留太郎が独りになる機会があればよいが、木佐貫敏八ら一行と行動を共にしているのでは迂闊に手が出せない。

猪口の酒を嘗めた影二郎が、

「そなた、青砥梅四郎、板取朝右衛門なる二つの名前に覚えはないか」

と話題を変えた。

「板取朝右衛門様は承知しております」

宥右衛門はあっさりと答えた。

「ほう、知っておるか」

「ただ今、老中水野様が天保の改革を推進なされておりますな」

「江戸では奢侈禁止令ばかりで評判が芳しくない」

「在所にても同じことにございますよ。その最たるものが上知令を強行なされようとしておられることです」

「上知令とな」

「江戸十里四方、大坂五里四方の私領を他に移し、地内すべてを幕府領にしようという試みです。幕府領を江戸、大坂近くに集中的に集める試みは関東代官羽倉外記様のお考えと言われておりますが、上知地域には大名領もあれば旗本知行所もある。むろん、町人、百姓も反対でございますが、幕府ではこの上知令を強行なされて、幕府直轄領を強固なものにしようとしておられる。この先鋒に立って各地の大名領、旗本知行所を歩いて、説得と称する脅しをかけておられるのが板取朝右衛門様にございます」

「ほう、そのような人物な」

「もしですよ、江戸十里四方の上知令がうまくいった暁には江戸二十里四方、あるいは三十里四方と拡大していくにきまっています。だから、この辺りでも戦々恐々としておるのです」

女衆の手で膳が三つ運ばれてきた。喜十郎が、

「一つは部屋に上げてくれぬか」

と願った。

おこまのための膳が一つ運ばれていった。

膳の主菜はサワラの味噌漬けを焼いたもので味噌が香ばしく漂い、影二郎らの食欲をそそった。

酒を呑み、遅い夕餉を終えた頃、おこまが空の膳を抱えて姿を見せた。

「怪我の治療に行っておりました三人が戻って参りましたよ」

と報告した。

もはや夜半過ぎのことだった。

「七つ発ちかな」

「三人の様子を見るとかなり厳しかろうと存じます」

とおこまが応じて、成行きに任せようということで衆議一決した。

眠りに就いてどれほど過ぎたか、喜十郎が影二郎とおこまを揺り起こした。

「御厨の留太郎が独り、宿を出ました」

「間に合うか」

「文挟宿に向かっております」

よし、影二郎らは急ぎ身仕度を終えると番頭の宥右衛門に宛て、宿代として一両を残すと土間に下りた。するとむっくりとあかが起きてきた。

「あか、夜旅になったわ」

潜り戸から街道に飛び出した影二郎らは二里八丁先の文挟宿へと急いだ。宿外れで黒い影を認めた。

御厨の留太郎だ。黙々とゆっくりとした歩調だ。

「間に合ったわ」

二丁先を悠然と北に向かう留太郎の羽織の裾が冷たい風に吹かれて背に靡き、行く手には靄が漂っていた。

例幣使街道はこの先で黒川の流れに架かる御成橋を渡る。靄を伴った冷たい風は黒川の川面から吹き上げていた。

橋に近付いたか、靄が濃くなってきた。時に留太郎の姿を靄が隠すほどだ。

影二郎らは間を詰めた。

北風が吹いて靄が薄れ、留太郎が再び認められた。おかしなことにいつの間にか烏帽子(えぼし)を被っていた。

街道の右手に土手が現われ、道の先に橋の南詰が見えた。

留太郎の歩みが止まった。

鉦(かね)の音が、

こんこんこん

と響いてきた。

「影二郎様」

留太郎は橋上に待ち人を見ていた、それが影二郎らにも分かった。

(何者か)

影二郎らは例幣使街道から外れて土手に上がった。

御成松が六、七本土手上に生えていた。どれも大人二人が両手を回してようやく測れるほどの幹の太さの大松だった。

濃い朝靄が御成橋を包みこんで、ぼんやりとした明かりが橋上をあちらこちらと浮遊していた。

「狐の嫁入りかしら」

とおこまが呟く。

日光の男体山の方角から風が吹き下ろしてきた。川面から吹いていた風と異なり、一段と冷たく、強い風だった。

御成橋を覆う朝靄が一瞬にして吹き飛ばされた。

靄が消えた橋上の欄干のあちらこちらに高張提灯が固定され、煌々と灯されていた。その高張提灯の明かりに照らされて一段と高く、大きな金の御幣が夜空に突き上げられていた。

橋の真ん中に牛車も止まっていた。

なんとも奇妙な景色だった。

日光例幣使先遣御方の麻比奈君麻呂の一行が御成橋に止まっていた。

烏帽子を被った御厨の留太郎が木佐貫敏八らを旅籠において独り抜け出てきたのは麻比奈一行に会う手筈があってのことか。

留太郎が歩き出した。

関東取締出役石動万朔の道案内、御厨の留太郎と日光例幣使先遣御方の麻比奈君麻呂とはまるで身分が違い、接点などないように思えた。

鉦の音に笙が加わり、御厨の留太郎が牛車の傍らに到着し、橋上に片膝をついて畏まった。

御簾がゆっくりと持ち上がった。

再び川面から靄が吹き流れてきたが、橋上の会談の様子を遠くから見ることができた。

だが、両者の問答までは聞こえない。

おこまが布に包みこんだ商売道具の三味線と道行衣を脱いで喜十郎に渡すと、土手を下りて橋下に接近しようとした。

心得たあかが従う。

影二郎と喜十郎の二人は、御成松の下に残り、無言劇を見詰めた。

不意に御厨の留太郎が立ち上がり、腹に巻いていた風呂敷包みを解くと小さな柳行李のようなものを出し、従者に渡した。その小行李が従者の手を経て牛車の主に渡された。

再び濃い靄が先遣御方一行と御厨の留太郎を包んで隠した。高張提灯の明かりを靄がぼんやりと覆い隠した。

もはや橋上の出会いを影二郎らは見ることは叶わなかった。だが、その場から動こうとはしなかった。

二

どれほどの時が流れたか。

薄紙を一枚一枚剝がすように靄が薄れて、まず橋の欄干に固定された高張提灯の明かりが再び影二郎の視界に見えてきた。

橋下の河原にはあかの姿があって、橋脚から橋脚へと斜めに渡された梁（はり）にへばりついたおこまを見上げていた。

おこまは話し声を聞こうとしていた。

風はぱたりと止んでいた。

牛車の麻比奈君麻呂は漆塗りの長煙管を口に当てて吸っていた。

留太郎は牛車の傍らに片膝をついて控えていたが、二人を取り持つ従者が長煙管を留太郎に渡した。両手で押し頂いた留太郎が、一服二服吸い込み、煙管を従者に返すと、煙をゆっくりと吐き出した。紫色をした煙草の煙は靄には溶け込もうとせず、牛車の屋根へとゆっくりと這い上がっていった。

御簾が下ろされて、影二郎らの目から例幣使の先遣御方を再び隠した。行列が組み直されて金の大御幣を捧げ持つ者が先頭に立った。

鉦の音が消えて、笙の調べだけになった行列は牛車の車輪の、

ぎいっぎいっ

という音を御成橋に残して文挟宿へとゆっくりと進んで靄の中に消えていこうとしていた。

御厨の留太郎は片膝をついた姿勢から立ち上がった。だが、遠ざかる行列を見送りでもするように橋の真ん中に立ち止まっていた。

高張提灯は橋の欄干に残されていた。

影二郎と喜十郎は土手上に生えた御成松から土手道を伝い、御成橋の南詰に向かった。

御厨の留太郎が踵を返して鹿沼宿へと取って返そうかという動きを見せた。

ぎくっ

と五体が竦んで影二郎らが橋の南詰を塞いでいるのを見た。

北へと逃げようと考えたか、留太郎は例幣使先遣御方ら一行が去った北詰を振り返った。

その眼前を、

ふわり

と欄干を飛び越えた影があった。

鳥追い姿のおこまが留太郎の退路を断つように橋に立っていた。

ちぇっ

と留太郎の舌打ちが橋上に響くと烏帽子を脱いだ。

「八州廻りの道案内が烏帽子とはどういうことだえ」

「世間にはいくらもおめえが知らないことがあるということよ」

烏帽子を懐に突っ込んだ留太郎の手には別のものが持たれていた。

懐からつかみ出したのは捕縄だ。

留太郎がぱらりと結ばれた縄を解くと、捕縄の先に三本爪が付いた鉤縄(かぎなわ)だった。

明かりにきらきらと光るほどに研がれた鉤爪をだらりと留太郎が垂らした。

「関東取締出役石動万朔の道案内は、朝廷の使いとも知り合いかえ」

「夏目影二郎さんよ、おれやおめえらの考えもつかねえことが企てられているんだよ。長生きしたければ見ざる言わざる聞かざるを通すことだぜ」

「使い走りにしては重宝されているようだな」

影二郎が留太郎に向かって歩を進めた。

留太郎は後ろを振り向いた。

おこまは前に掛けた道中嚢に片手を突っ込んだまま動いてはいなかった。

留太郎はおこまの隠された手の意味を考えあぐねていた。

道中嚢の中には亜米利加国古留止社製の連発式短筒が隠されていた。

留太郎は影二郎に視線を戻した。

影二郎が留太郎へ間合を五、六間と詰めた。

だらり

と垂らしていた三本爪の鉤縄がぐるぐると朝霧を切り裂いて回り始めた。

「留太郎、雪隠(せっちん)詰めだ」

「うるせえ、近付いてみやがれ、三本爪が目ん玉を抉(えぐ)り取り、喉笛を引き千切るぜ。この御厨の留太郎様の三本爪で地獄に送り込まれた悪党は五本の指では利かねえ」

びゅんびゅん

と鉤爪が黒川の冷気と朝霧を裂くように回転していた。

留太郎の右手で操られる捕縄が緩められたとき、三本爪が影二郎に向かって飛来するだろう。だが、前後を挟まれ、逃げ場所を塞がれた留太郎に分(ぶ)があるとも思えない。

留太郎の目玉が動いた。逃げ場所を探してのことだ。

影二郎は一文字笠の間に差し込まれた珊瑚(さんご)玉のついた唐かんざしを抜いた。両刃の唐かんざしは、想い女だった萌(もえ)が喉を突いて自死した遺品だった。

「死ね！」

と叫んだ留太郎の右手が緩んで、三本爪の鉤縄が空気を裂いて影二郎を襲った。

同時に身を横手に流しながら影二郎の手から唐かんざしが飛んだ。

鉤と簪(かんざし)。

虚空で交差したが、一瞬早く唐かんざしの先端が留太郎の右腕の付け根に突き立った。

「あっ！」

と悲鳴を上げた留太郎の体が揺れて、右手で操っていた鉤縄が緩み、大きな円弧を描くと黒川の流れへ飛び去っていった。

留太郎が痛みを堪えて欄干に走り寄った。

同時に影二郎も走り、羽織の裾をつかむと橋の床に引き倒していた。

必死で上体を起こそうとする留太郎の右腕に刺さった唐かんざしの飾り、珊瑚玉をつかんだ。

「痛てえや、抜いてくれ」

と留太郎が哀願した。

「甘えるでない」

影二郎の珊瑚玉をつかんだ手がぐいっと差し込まれると、苦痛に身を捩じり、顔を歪ませた留太郎が意識を失った。

御成橋の西数丁のところに御所の森があってこの近くに弁天様が祀られていた。その辺りは湧水が出て、二十間四方の沼にはいつも滾々と清水が湧き出して、宿や田に水を分かっていた。里の人はこの沼を、

「鹿の走り出し」

と称していた。

沼の水汲み場の小屋は藁葺きで農繁期には百姓衆が顔を見せることもあったが、仲春のこの時期は訪れる人もない。

羽織を脱がされた御厨の留太郎が小屋の真ん中にある柱に縛られていた。

おこまが沼から竹筒に水を汲んできて留太郎の顔にかけた。影二郎が肩に担いで水汲み場の小屋に運び込んできたのだ。

顔を歪めた留太郎が意識を取り戻し、きょろきょろと辺りを見た。その視界で南蛮外衣を身に纏(まと)った夏目影二郎が古樽に腰を下ろしているのが目に留まった。

「てめえ、こたびの借りは必ずや倍返しにしてやる」

「そなたが生きておれば、それもできよう。じゃが、囚われの身ではなんともしようがあるまい」

「夏目影二郎、石動万朔様の力を知らぬ、おれは石動様の信頼厚い道案内だ。おれがおめえに殺されたとなりゃあ、石動様はてめえを地獄の底までも追いかけておれの仇を討ちなさるだろうぜ」

「それは楽しみな」

「縄目を解け。今ならおれも目を瞑(つむ)ってやろうじゃないか」

影二郎が立ち上がり、

「出血は止まったか」

と傷口が見えるように小袖の襟を抜き上げた。

「い、痛てえや、よしやがれ」

「留太郎、忠治が生きておると言い出したのは石動万朔か」

「今頃、忠治は旦那の手で囚われの身だ」

「留太郎、国定忠治は羽州角館城下で関東取締出役関畝四郎の手にかかり、妾のおれいと二人の間にできた赤子と一緒に銃殺された」

影二郎が一月も前の騒ぎを淡々と告げた。

「忠治がそう簡単に死ぬものか」

と留太郎が言い切った。

「あいつをお縄にするのはうちの旦那の石動万朔様だ。関畝四郎なんぞの手に負えるものか」

「留太郎、忠治の惨死に立ち会ったのはこのおれだ」

「嘘だ」

「南蛮渡来のエンフィールド銃を撃ち掛けられ、ざんばら髪になった忠治が仁王立ちになって赤子を抱いていた姿が目に浮かぶ」

留太郎が影二郎を見た。

「傷が痛てえ。医師に連れていけ」

「甘えるでない。忠治は十数発の鉄砲玉に身を裂かれても泣き言一つ言わなかったわ」

「嘘っぱちだ」

「生きておる忠治を留太郎、見たか」

留太郎が答えに窮した。

「関八州に忠治を見た者が大勢いる」

「街道の噂などあてになるものか」

「石動の旦那はいい加減な噂で動くお人ではない。しかるべき確かな情報があって忠治の探索に動いておられる」

しばし考えた影二郎が、

「忠治が死んでは困る人間がおるようだな」

と呟いた。

「なんだと」

と応じた留太郎が、

「傷口が痛てえ」

「石動万朔はどこにおる」

「さあてな、八州様の御用はその日しだいで変わるんだ、一旦御用に就いた後の行動はだれも知らねえものよ」

「留太郎、そなたが会いたいときはどうするのだ。木佐貫敏八らをどこへ連れていこうとしておるのだ」

「今市宿までいけば石動様のお指図が残されていよう」

「ならば、そなたにしばらく張り付こうか」

「おれが朝まで鹿沼宿の旅籠に帰らなきゃあ、おれの行方を求めて木佐貫様方が探索にかかるぜ」

と答えた留太郎が不意に、

「取引しねえか」

と提案した。

「ほう、どんな取引だ」

「おめえの問いに三つ答えようか。それでおれを解き放て」

「虫がいい話だな。おまえがいい加減なことを答えるに決まっていよう」

「知らないものは知らねえと答える。嘘かほんとか、おめえも八州狩りの夏目影二郎だ、てめえで判断しねえ」

影二郎は珊瑚玉のついた唐かんざしを笠から抜いた。

留太郎の顔に怯えが走った。

「なにをしやがる」

「おまえの考えた取引に花を添えようという話だ」

影二郎は唐かんざしの先で血に塗れた小袖を切り裂き、右腕の傷を曝した。

「どうする気だ」

「おこま、例の竹筒を持って参れ」

と命ずるとおこまはしばし考え、留太郎にかけた水を汲んだのとは別の竹筒を取り出した。

おこまが道中に必ず持参する、気付けの焼酎を入れた竹筒を受け取った影二郎が、

「留太郎、この中には附子の樹液が入っておる。トリカブトとも言われる猛毒じゃ」

影二郎は栓を抜くと唐かんざしの先を焼酎に浸けた。

「そなたの答えがいい加減であるとおれが考えたとき、附子の液をひと垂らしずつ傷口に落とす。激痛どころではない。そなたは悶え苦しんで死ぬことになる。どこまで我慢できるか、そなたと我慢比べよ」

留太郎がごくりと唾を呑み込んだ。

「おれは知っていることを答えるだけだ。そいつがおめえの満足いくものかどうかなんて知るか」

「命が懸かった問答よ」

「一の問いをしねえ」

「青砥梅四郎(うめしろう)、この名に覚えはないか」

「青砥だと、知らねえな」

と即座に答えた。

「二の問いだ」

「石動万朔じゃが、江戸町奉行鳥居耀蔵と繋(つな)がりを持っているな」

「石動の旦那の後ろ盾が鳥居様だということは間違いねえ。ただどういう繋がりかなんぞは訊かれてもおれは知らねえ」

影二郎は竹筒に突っ込んだ唐かんざしを動かした。

「脅したところでどうなるものでもねえ、知らねえ」

と答えた留太郎が、

「これはおれの勘だ。江戸には鳥居様とは別のどえらいお方が石動の旦那の後見(こうけん)

をしているように思える」

「だれとは知らぬか」

「そんな大事、おれ風情に分かるものか。おれは腹を割って二つまで答えた。最後の問いをしねえ」

「いや、石動の問いが終わってはおらぬ。石動の行方を知らぬと申したな」

「言った。ほんとに知らねえんだ」

「石動はなにを追っておるのだ」

「決まったことだ。国定忠治を追いこんでいなさるところよ」

と留太郎が自信満々に答えた。どうやらそのことを信じているようだ。

「それがしが忠治が死ぬのを見たと申したにもかかわらず、そなたは忠治が生きておると申すか。それを石動万朔は信じておるか」

影二郎が念を押し、

「旦那には旦那の、勘働きがあってのことだ。おめえが見た、鉄砲玉に撃たれた忠治は偽者よ、石動の旦那が追っておるのが本物の忠治だ。二、三日内に分かることだぜ」

と留太郎が同じ答えを繰り返した。

関東取締出役関畝四郎が関八州の外の出羽国角館城下まで追捕して仕留めた筈の忠治が生きていると信じる朋輩がいた。

（忠治は盗区に戻ってきたか）

影二郎は何度目かの自問をした。

「三つの問いに答えたぞ」

「いや、二つだ。麻比奈先遣御方に差し出した小行李の中身はなんだな」

しばし答えるかどうか迷った末に留太郎が言い放った。

「知らねえな、これが三つ目の答えだ」

「知らないだと」

影二郎が竹筒から唐かんざしを抜いた。

「おれが知っていることは、奈佐原宿外れの妾の家に立ち寄り、そこに預けていたものを貰い受けて、御成橋に待っているお方に渡せと石動の旦那に命じられたということだけだ。そのとき、烏帽子を被っていけと烏帽子まで妾の家に用意されていたんだ。ほんとのことだ。中身は知らねえ、重さからいって金じゃねえ、書状のような軽いもんだったぜ」

「麻比奈から返事はあったか」

「じょうふ様によしなに伝えよ、とあっただけだ」

影二郎がおこまを振り向いた。するとおこまがうなずいた。

「よし、そなたを解き放つ」

竹筒から上げた両刃の唐かんざしで後ろ手に縛られた縄を切ろうと差し出した。

「待ってくれ、附子が付いた刃物で縄を切るのか。毒が付くじゃねえか」

「留太郎、案ずるな」

影二郎はまだ持っていた竹筒の中身を留太郎の傷に垂らした。

「あああっ」

と悲鳴を上げた留太郎の縄をぷつりと切った。

「気付けの焼酎だ、傷の消毒になったろう」

「くそっ」

と留太郎が悔しそうに叫んだ。

「御厨の留太郎、おれの使いをしてくれぬか」

「だれにだ」

「石動万朔にだ」

「なんと伝える」

「五百両の奨金を目当てにあちらこちらから刺客に押し掛けられてもかなわぬ。三日後の深夜九つ、今市宿追分地蔵堂に一番手の奨金稼ぎを差し向けよとな」

「てめえ、返り討ちにする気か」

「三度まで刺客の到来を許す。三度しておれの首落とせぬときは、諦めよと伝えよ」

「分かった」

と留太郎が、よろよろと立ち上がった。

「石動の旦那を嘗めちゃならねえ」

「肝に銘じておく」

影二郎が答え、留太郎が水汲み場の小屋からゆらりゆらりとした歩みで出ていった。

三

影二郎一行は例幣使街道と日光道中が交わる追分の地蔵堂を横目に鬼怒川へと向かう会津西街道に入っていった。

追分の地蔵堂は、三日後、影二郎が奨金目当ての刺客一番手を待ち受けると昨夜留太郎の口を通して石動万朔に約束した地だ。

だが、影二郎の足が止まることはない。

今市宿を外れたところに日光から流れ出る大谷川が行く手を塞いでいた。だが、渡し舟が要る川幅ではない。丸太を三本組んだだけの橋が架かっていた。

その橋の袂に、

「めし、さけ、ゆば」

と布に染め出された幟が風に靡いていた。

影二郎の気持ちを察したおこまが飯屋に小走りに向かい、一行の席を小女に願った。

旅人が朝餉を摂るにはいささか遅い刻限だ。飯屋に客はいなかった。

黒川に近い水汲み場から再び御成橋を渡り、文挟、板橋、今市と三宿五里少々を一刻半ばかりで歩み通した影二郎らだ。

「喜十郎、疲れはせぬか」

「正直申しまして、夜旅は応える年になりましたな」

喜十郎が苦笑いした。

「江戸に戻ったら父上に隠居を願うか」

「それも悪い考えではございません。されど毎日が長うて退屈の虫に苛(さいな)まれましょうな」

くすくすと、娘のおこまが笑った。

「父上、私に子を産めなどと言わないで下さい」

「おこま、娘の頑固はよう承知じゃぞ、無益なことを言うものか」

どことなく喜十郎の返事が寂しげだった。

「喜十郎、もはや幕藩体制は長くは続かぬ。こたびの日光御社参がよい例よ」

「徳川様に代わる幕府が立つと申されますか」

「それは知らぬ。じゃが、江戸幕府が潰れることは確かだ。人間の本性が露(あら)わに出る混乱の時がやってくる。これを見逃す手はあるまいて」

「役目を続けよと」

「だれが生き残り、だれが斃れるか見た後、あの世に旅立つのも一興(いっきょう)よ」

「それがしの寿命があるうちに、そのような時代が参りますかな」

「必ずやくる」

影二郎の答えは明快だった。

「ならば関八州を経巡る御用旅を続けるしかございますまい。それにしても仲間と思うた者が敵方であり、敵方と思うた人間が味方と、なんとも複雑怪奇なご時世になりました」

小女と婆様がまず徳利に酒と茶碗を運んできた。

おこまが影二郎と喜十郎の茶碗に酒を七分目に注いだ。

「徹夜旅で堪(こた)えられぬのは一杯の酒よ」

二人の男が冷や酒を口に含んだとき、

「よういらっしゃいました」

老爺が酒の菜の生湯葉の胡麻みそかけを小鉢に入れて運んできた。

「これこれ」

と嬉しそうにおこまが箸を取った。

「おまえさま方も忠治親分の首に懸かった五百両が目当てかね」

「ご老人、奨金目当ての有象無象(うぞうむぞう)が現われよるか」

喜十郎が反問した。

「毎日何組もの奨金稼ぎが茶臼山に向かうだよ」

「忠治は茶臼山に潜んでおるか。出羽角館城下に死んだと聞いたがな」

「お侍、忠治親分が縄張りの外で屍を曝すわけもねえだ。親分が死ぬ時は、縄張り内のはずだ」

「茶臼山に現われたという忠治親分は本物か」

「そこだ。わしは信じねえ」

と老爺が言い切った。

「なぜだな。八州廻りの石動万朔もこの界隈で網を張っておるというではないか」

影二郎の問いに老爺が首を横に振ると、

「わしは忠治親分がこの界隈に潜んでおるという噂の出所は、その八州様と思うておる」

老爺の答えは正鵠を射ていた。

「なんのために八州がそのような噂を流す」

「そこが今一つ分からぬが、八州様には八州様の考えがあってのことかと思える。ともかくだ、茶臼山だけではねえ、忠治親分現わるの報はあちらからもこちらからも伝わってくるだよ。時に二つも三つも忠治親分を見たという話が重なって伝わるときもあるだよ」

「それほど偽の忠治が暗躍しておるか。奨金稼ぎも大変だな」

「ああ、そんな噂に惑わされておると命を失うことになるだ、お侍方」

おこまがうなずいたとき、麦めしと鶏肉に里芋、人参、昆布などの煮染めと湯葉汁に青菜漬けの膳が運ばれてきた。

おこまはあかのために餌を頼んでいた。昨夜の残りか、塩鮭の頭に湯葉汁をかけた麦めしを小女が縁の欠けた丼によそい、運んできた。

あかが嬉しそうに立ち上がり尻尾を振ると、夜露が飛んで朝の光にきらりと光った。

影二郎らが朝餉を終えたとき、弓を負い、赤樫の棒を携えた四人組が丸太橋に向かったが、その一人が橋の途中で茶店に引き返してきて草鞋を購った。

この者たちも夜旅をしてきたか、打裂羽織が夜露に濡れていた。

草鞋代を払う武芸者の目がちらりと影二郎に向けられた。だが、素知らぬ表情に戻すと仲間を追って丸太橋を渡っていった。

「おこま、めし代を払ったら、そろそろ参ろうか」

そこへ盆に熱い茶を載せて老爺が運んできた。おこまが財布を引き出しながら、

「影二郎様、どちらに参られますな」

「倉ヶ崎新田に弥兵衛と申す者を訪ねる」

「おや、この界隈に知り合いがございましたので」

影二郎とおこまの会話を老爺が耳にして、

「お侍は弥兵衛様の知り合いか」

と尋ね返した。

「会うたことはない。孫娘から爺様を訪ねてくれ、と頼まれたのだ」

「孫娘とはだれのことじゃ」

「おはつと申したな」

「大谷村の石工に嫁に行ったおみのの娘のことだな。そのおはつと知り合いか、お侍」

「日光道中栗橋宿で知り合うた」

影二郎は女衒の歌右衛門に騙されて江戸に売られていこうとしたおはつらを助けた経緯を簡単に語った。

「なにっ、おはつが江戸に売られようとしただか。弥兵衛親分はそのこと知るまいな、知っていて許すわけもない」

飯屋の老爺が怒りを含んだ声音で答えた。

「弥兵衛はその昔、関東取締出役の道案内だったそうだな」

「辞めたのは十七、八年も前のことだ。その頃には今のような金に目のない八州様も道案内もいなかったよ。だれもがわずか八人の八州様を守り立て、関八州を走り回って悪人を捕まえていなさった」

　幕府が関八州の治安悪化を受けて関東代官の手付・手代の中から能吏、腕利きを選抜して関東取締出役を組織し、幕府直轄領、大名領の支配地を超えて、悪党の探索や追捕の権限を与えたのは、文化二年（一八〇五）のことだった。

　弥兵衛が道案内を辞めたのが十七、八年前とすると、幕府がさらに関東取締出役体制の強化をはかった文政年間（一八一八～一八三〇）が弥兵衛の活躍の時期か。

「十七、八年前に十手を返上した弥兵衛はもはや関東取締出役とは関わりがあるまいな」

「いいんや、お侍、十手を返上したからこそ、弥兵衛親分の元にはお上からも悪党からも寄場組合からも情報が入ってくるだ」

　寄場組合とは、幕府が幕領、私領の区別なく関八州の村々を対象に改革組合村、つまりは寄場組合を編成して、出役の下に付属させ、関東取締出役体制の強化をはかった折りにできた組織網だ。

飯屋の老爺は、道案内を辞めた弥兵衛は、今も関東取締出役とも国定忠治ら渡世人とも百姓衆ともつながりを持っていると言い切った。

おこまはそのとき、丸太橋を渡って最前会津西街道に姿を消した四人組が戻ってきたのを見ていた。

「お侍、おまえさま方は何者だね」

老爺が影二郎に尋ねたとき、四人組が飯屋の前に立ち、

「奨金首五百両の夏目影二郎はそのほうか」

と七尺余の赤柄の十文字鎌槍（かまやり）を構えた武芸者が訊いた。

「いかにも夏目影二郎はそれがしだが、なんぞ用か」

「その首、貰った」

「えっ！」

と驚きの声を上げたのは老爺だ。

「お、おまえさまは八州狩りの夏目様だか」

「弥兵衛はよき時代に道案内を務め、辞めたな。ただ今では関東取締出役が悪党以上に厄介な存在に変わりおったわ」

「いかにもさようで」

と応じた老爺が、

「夏目様よ、斬り合いなれば河原でやってくれぬか。こんな飯屋でも家族七人の稼ぎの場だ」

と願った。

「いかにもさよう。そなたの願い、聞き届けようか」

と応じた影二郎は、縁台から立ち上がると大谷川の河原に向かう振りをして丸太三本を組み合わせた橋にすたすたと歩み寄り、そのまん中でくるりと向きを変えた。

影二郎は一文字笠に着流しの姿、腰に法城寺佐常だけがあった。

南蛮外衣は飯屋の縁台に残していた。

「河原と思うたが、後始末が面倒だ。そなたらを大谷川の流れが始末をつけてくれよう」

「おのれ」

先手をとられた四人組が丸太橋を前にして戦いの身仕度を整えた。

四人組の頭分は赤柄の十文字鎌槍の主か、鞘を払い、二度三度と虚空を穂先で突いて、

「それがしが先陣を承る」

と仲間に宣告した。

仲間三人は一列になって十文字鎌槍の後詰に回った。四人目の武芸者は橋の袂で弓を手に構えていたが箭（や）を番（つが）える様子は見えなかった。仲間三人の戦いを見守る気配だ。

さらに飯屋の店先に喜十郎とおこまが控え、あかはその足元にいて戦いの様子を見守っていた。

影二郎が丸太橋に立ち、先反佐常を抜き放ち、十文字鎌槍の主が、

「夏目影二郎の首の五百両、古河（こが）流槍術（そうじゅつ）師範町村（まちむら）三右衛門（さんえもん）秀敏（ひでとし）が貰いうけた」

と宣告するや、するすると丸太橋を進んできた。

槍は最も古くから存在する獣狩りの道具であり、武器だった。

石器時代にすでに石を尖らせた槍身をつくり、木竹の先端に結び付けて獣などを捕獲するために使われていた。

一般的な使い方は左手を前に、右手を後ろにして柄を保持し、右手で繰り出して刺突（しとつ）に使った。

武具として使用法が比較的簡便であり、長柄の槍を揃えて戦場で使ったり、馬

上から繰り出す槍技が発達した。戦国時代には下士、小者の武器であったものが安土・桃山時代には武士の持ち道具となり、江戸期に入ると槍持ちは、

「百俵」

以上からと決まりさえできた。

槍の武士階級への普及は槍術槍法を創始させ、各流派が競い合った。

影二郎は相手が名乗った古河流槍術に聞き覚えはない。だが、十文字鎌槍である以上、刺突だけではなく、

「薙ぎ技」

も考えられた。

「夏目、流儀はなんだ」

「鏡新明智流」

「ほう、桃井春蔵門下か」

町村は槍の穂先を影二郎の足元にぴたりと付けた。

穂先一尺余柄七尺余とはいえ刀に比べれば間合が深く、橋幅の狭い丸太橋だけに槍の弱点の内懐に入り込まれる心配はなかった。

「夏目、四人を相手ゆえ橋上を選んだのであろうが、それが間違いの因よ」

影二郎は先反佐常を顔の前に垂直に立てた。

町村の十文字鎌槍の円月がすうっと大谷川の流れに移動すると、即座に反転して踏み込みながら影二郎の足元を薙いだ。

影二郎の腰が沈み、虚空に向かって大きく跳ねるように飛んだ。

町村三右衛門がにたりと笑った。

飛ぶことは計算の中だという笑みだった。

影二郎の立っていた虚空を薙いだ十文字鎌槍がきらりと光って、町村の掌で柄が半回転し、十文字鎌槍が下りてきた影二郎の足を薙ごうとした。

その瞬間、町村三右衛門は思いもかけない光景を己の頭上に感じた。

予測を超えて高く虚空に飛んだ影二郎の体が前傾する町村三右衛門の肩を蹴って後詰の仲間二人の背後の橋上に下り立っていた。

「あっ」

と後詰の二人が悲鳴を上げて、橋の上で向き直ろうとした。だが、向き直ったときには、影二郎の先反佐常の刃を肩口に受けて丸太橋から大谷川の流れへと落下した。

二番手の剣者が突きの構えで踏み込んできた。

佐常の物打ちが突きの刃を撥ねると体の均衡を崩した二番手も流れへと落下していった。

町村三右衛門が十文字鎌槍を薙ぎから突きへと変えて、穂先を影二郎の胸に狙いをつけた。その構えで一気に間合を詰めてきた。

さすがに師範と名乗っただけに繰り出す突きの勢いも鋭く、手元に引き戻す技も迅速を極めた。

影二郎は十文字鎌槍の突きを避けるために先反佐常で穂先を払いつつ、橋の上を後退していった。

弓の主が箭を番えようとした。

その瞬間、足元で、
ううう っ
という犬の唸り声を聞いた。振り返り見れば背の毛を逆立てたあかが弓手の動きを牽制していた。

「わ、分かった」

弓の遣い手が箭を弦から離した。

町村の突きの攻めと手繰りの速度がさらに増した。

影二郎に反撃の機はなかった。ひたすら後退して間合いをとるしかない。

「橋を渡り切るつもりか」

町村が足を止め、影二郎も動きを止めた。

町村が大きく十文字鎌槍を手元に手繰り込み、十分に間合を測った。

その瞬間、影二郎が思いがけない行動を取った。

後退することを止め、前へと踏み込んできたのだ。

「ござんなれ」

とばかりに町村が十文字鎌槍を突き出した。

その三日月形の鎌槍を法城寺佐常が押さえ込んだ。間合が短くなった分、町村の槍さばきの速度が落ちて、刃で動きを止めた影二郎がさらに踏み込みながら、佐常を引くと見せて横手に流した。

力が弱まった瞬間、町村は柄の繰り手の右手に体重を乗せて突きかけていたために体も穂先も横に流れた。

ふわっ

と槍を持ったまま大谷川の流れの上に町村三右衛門の体が浮いて、

ざんぶ

と落下して水飛沫を上げた。

「な、なんと」

仲間三人を瞬く間に流れに落とされた弓の遣い手が逃げ出そうとした。その足元にあかが牙を剝いて睨んでいた。

「な、なにをする気か」

「そなた、仲間を捨てて逃げ出す気か」

と飯屋から菱沼喜十郎が詰るように問うた。

「下流に回り、助けに参る」

「よい心掛けかな」

「犬をどけよ」

「あかを大人しくしておきたければ、それがしの命を聞け」

「命とはなんだ」

「江戸を発つとき、いささか慌ただしく出立して参り、弓箭を忘れた。そなたの道具、置いていけ」

「武士に向かって道具を捨てろとか」

「ならば、あかがそなたの足首に喰らいつくまで」

「お、おのれ」

一人残った武芸者が籐巻(とうまき)の弓と箭の入った革筒を投げ捨てた。

四

大谷川に架かる丸太橋の騒ぎから半刻後、影二郎の一行は会津西街道の西に並ぶ茶臼山と毘沙門山との間の谷の入口を抑えるように広がる倉ヶ崎新田の弥兵衛の家の長屋門の前に立っていた。

長屋門の先に見える藁葺きの家はさほど大きくはない。だが、長屋門も母屋も敷地の内外の庭や林もよく手入れがされて弥兵衛の生き方を示しているように思えた。

長屋門から母屋まで二十間ほど道が延びて左手には野菜畑が造られて、陽射しの下を鶏が何羽も長閑に餌を探して歩いていた。

一見無人と思えるほどの静寂だった。

「留守ですかね」

と喜十郎が遠慮深げに長屋門の下から敷地を見回し、

「畑に出ておるのか」

と呟いた。

「ご免なさいよ」

おこまが呼びかけ、一行は門を潜って母屋に向かった。

この日は風もなく暖かな陽気で、燦々とした春の光がその昔関東取締出役の道案内を務めたという御用聞きの家に降り注いでいた。

母屋に続く道の右手には椿の生垣がつくられ、白椿が咲き乱れていた。生垣の向こうは梅林か、馥郁とした香りが漂ってきた。

あかの姿を見た鶏がこっこっこと警戒のかん高い声を上げ、走り回った。

その声を聞きつけたか、母屋の裏から鍬を手に提げた年寄りが姿を見せて、一瞬影二郎ら一行を険しい眼差しで見たが、すぐに笑みを浮かべた顔に変え、

「夏目影二郎様にございますね」

と穏やかな口調で問いかけた。

「いかにも夏目影二郎じゃが、弥兵衛親分かな」

白髪頭をこっくりとさせた弥兵衛が、

「こたびは孫のおはつの危ういところをお助け下さり、お礼の言葉もございませ

ん」

と腰を丁寧に折って頭を下げた。

「おはつが言い残した爺様に会えという言葉に縋り、そなたを訪ねた」

「ようい らっしゃいました。わっしが御用を務めていたのは十七、八年も前のことでございますよ。なんの役に立つか知りませんがね、まずは縁側に腰を下ろして下されよ」

弥兵衛は切り干し大根が乾(ほ)された縁側に影二郎らを案内して、縁側に干してあった座布団を三枚置くと、

「ちょいと失礼」

と玄関から奥へと消えた。

影二郎らが縁側に腰を下ろし、母屋の前庭を見ると椿の生垣の向こう側はやはり梅林で白梅紅梅の花が咲き乱れて、梅林の間を曲がりくねって小川が流れていた。

「なんとも極楽を絵に描いたような暮らしにございますな」

と喜十郎が呟いた。

関東取締出役の道案内を務めた御用聞きの老後は安泰かといえばそうばかりで

はない。御用の恨みを残したせいか、渡世人のような哀れな末路が多い。

国定忠治に殺された小斎の勘助がいい例だ。

幕府の手先である関東取締出役の命と関八州の住人の利害の狭間に曝される険しい御用を務めてきたからだ。

だが、倉ヶ崎新田の弥兵衛は道案内時代、旦那の関東取締出役にも役に立ち、かつ土地の人間にも受け入れられた御用聞きだったと見えて安穏な老後を過ごしているように思えた。

「お待たせ申しましたな」

野良着を縞模様の袷と羽織に着替えた弥兵衛と婆様がお茶と茶請けに青菜漬けを丼に盛って運んできた。

「婆様も納屋におりましてな、おはつの恩人がお出でになったというのに気が付きませんで失礼をいたしました」

と改めて詫びた。そして、

「まさか大谷村の婿の和次郎一家が女衒に狙われるようなことになっていようとは存じませんでした。ええ、娘はわっしの下っ引きと惚れ合い、わっしらが反対をしたこともあって駆け落ち同然に和次郎の実家に戻り、十何年も音沙汰なしの暮らしをしておりましたので。もう少しわっしらが気を使えばよかったのでしょうが、孫娘を手放すような窮状に落ちたようだ。なんともおはつに嫌な思いをさせましたよ」

「おはつは無事に実家に戻られたか」

「へえ、昨日のことです。使いを寄越して文を届けてくれました。なんてことだ、と怒ってはみたものの、すべては後の祭り。夏目様がいなければ、おはつは江戸の四宿辺りで女郎にされていましたよ。このとおりだ」

婆様と一緒に弥兵衛が頭を下げた。

どうやら弥兵衛と婿の和次郎の間には付き合いはないようだが、孫娘は弥兵衛と連絡を取り合っていたようだ。

「偶然、あの場に行き合うてな」

「夏目影二郎様に出会うとはおはつも運のいい娘ですよ」

「弥兵衛、おはつに文で知らせを受ける以前からおれの名を承知か」

「そなたさまが独りでなされた天保七年の八州狩りは、わっしのように隠居した道案内すらも震え上がらせました。峰岸平九郎、尾坂孔内、火野初蔵、数原由松、足木孫十郎、そして、竹垣権乃丞様方六人の八州の旦那を次々に始末して歩く人がいるなんぞだれが考えたものか、魂消ましたぜ」

と笑った弥兵衛が、

「また夏目様の出番がやってきたようにございますな」

と温和な目を影二郎に向けた。

「かどうか、そなたの知恵を借りにきた」

「わっしが承知なことなれば、なんでもお話し申しますよ」

「江戸に忠治生存の噂が流れてきたようで、将軍様の日光御社参を前に穏当ならずというわけだ」

うんうん、とうなずいた弥兵衛が益子辺りで焼かれた茶碗を取り、両手の間で撫でるようにしていたが、

「国定忠治が出羽国で関東取締出役関畝四郎様に追い詰められて鉄砲で仕留められた。その折り、若い妾のおれいとその間に生まれた子も一緒に殺されたという話がこの界隈に流れてきたのは、七日正月が明けたころのことでしたよ。忠治親分の手下はもう少ない上に八州様に追われてちりぢりだ。だが、この界隈には忠治親分を慕う人間は今も多うございましてね、その者たちが忠治が死んだなんて嘘っぱちだとか、殺されたのなら、妾のお吉が若い妾のおれいをやっかんで八州

の手引きをしただの、いろんな噂が街道じゅうに飛び交い、一部のやくざ連中は忠治の亡骸を取り戻すのだといきり立っておりましたな。それをわっしら年寄りが、しばらく様子を見ようではないかとなんとかとり鎮めたところにございますよ」

弥兵衛の話を影二郎はただうなずいて聞いていた。

「小正月が終わった時分にございましたかね、突然、忠治は生きておるという噂が夏の雷様のようにこの界隈に伝わりましてね、大騒ぎになったのでございますよ。それから数日もしたころでしたか、なんとわっしの庭先の茶臼山と毘沙門山の隠れ谷に忠治が潜んでいるという話がございましてね、わっしの耳にも入りました。そして、ついには関東取締出役の中でも関畝四郎様と功名を競い合う石動万朔様が隠れ谷に入ったという話も聞こえてきました」

「石動から連絡(つなぎ)はそなたの元にあったか」

「わっしはもはや道案内を十五年以上も前に辞した爺にございますよ。連絡なんぞはありません」

「十手を返上したそなたの元には道案内だったとき以上にあれこれと話が伝わってくるという者もおるがのう」

「そいつは根も葉もない流言にございますよ」

弥兵衛はあっさりと否定した。

「そうかのう」

と応じた影二郎は茶を喫すると、

「弥兵衛、忠治はこの界隈に潜んでおるか」

と問うた。

弥兵衛も両手に持っていた茶碗に口をつけて、

「その前に夏目様、真に国定忠治親分は出羽角館城下で鉄砲玉の餌食になったのでございましょうか」

と問い返した。

「すべてはそこがこたびの話の大本にございますよ、夏目様」

弥兵衛が影二郎を睨み、
ふうっ
と影二郎が一つ息を吐いた。

「関畝四郎の手下たちは、異国から渡来したエンフィールド連発銃を数挺用意して忠治の隠れ家を襲った。追い詰められた忠治は己の子を抱きかかえ、鉄砲玉を体じゅうに何発となく受けて燃え盛る炎の中に斃れ込んだ」

「夏目様、わっしもそんな話を噂に聞きましたよ」

弥兵衛は噂話として受け入れたと答えた。

「その亡骸を確かめたのはどなたにございますな。関畝四郎の旦那にございますかな」

「弥兵衛、関に亡骸検分を請われたのはこのおれだ」

弥兵衛の目がぎらりと光り、

「ほう、夏目影二郎様が関様の出羽行きに同道なされていたのでございますか。となれば忠治親分の死は間違いないところ」

「勘違いいたすな。それがし、関東取締出役に同道したことはない」

「いかにも、夏目様は不正に落ちた八州様を糺す八州狩りがお役目にございましたな」

弥兵衛の視線を影二郎は受け止めた。

「夏目様、忠治親分はほんとうに角館で死んだのでございますね」

弥兵衛が重ねて念を押した。

「関畝四郎は関東代官羽倉外記どのを通じて幕閣に忠治死すの報告をなし、幕閣は認めたと聞いた」

「わっしもそう聞きました。だが、そう時も経ない内に関様とは犬猿の仲の石動万朔の旦那が隠れ谷に入られ、忠治親分の生きている証拠をつかまれたとか、その姿を見たとか、すぐにそんな噂が流れ始めました」

「そなたは信じておらぬか」

「夏目様のお姿を見るまでは半信半疑でした。国定忠治ともあろうものが若い妾に惚れこんで子を生した上に縄張り外へ逃避行、そんな道中の最中に八州様に追い詰められて鉄砲玉を撃ち込まれた、いや、そんな馬鹿な話はないと己の胸の中で答えの出ない問いを繰り返しておりましたよ」

「おれと会って答えが定まったか」

「八州殺しの旦那のご出馬だ。並大抵の御用を務められているのではないと思い直したところにございますよ」

「忠治が生きておると申すか」

「さあて、そこでございます」

「この茶臼山の隠れ谷はそなたの庭先、生きて忠治が潜んでおればそなたの耳にすぐにも届こう」

弥兵衛がこっくりとうなずいた。

「忠治潜むの報はそなたに届いたか」

「いえ」

「では、忠治の死は真ということになる」

「十手は返上いたしましたが御用聞きの性(さが)は残っていたようで。それなりに手を尽くしてみました」

「手応えはあったか」

いえ、と弥兵衛が顔を横に振った。

「ですが、石動様方は派手に動かれて生きておる忠治の尻尾をつかんだと触れ歩いておられます。なあに、石動様方が流されている話に、本物は千に一つもございません」

とその昔、関東取締出役の道案内を務めた老人が言い切った。

「ですが、夏目影二郎様がご出馬となるとちょいと事情が違ってきた。もしや、わっしの目は節穴(ふしあな)になったかもしれねえ、と思い直したところにございますよ」

「となると、おれが角館城下に見た忠治の亡骸は別物ということになる」

「さあて、それは夏目様の問題だ」

と弥兵衛が言い、残った茶を喫すると、

「念のためだ。もう一度老体に鞭を打ってみます。なあに半日もあれば隠れ谷なんぞは調べがつきます」

「すまぬ」

「おはつを女衒から救ってくだすった恩を返す時だ。夏目様方、夕方には戻ってまいります。うちで体を休めておいて下さいまし」

と言い残した弥兵衛が立ち上がった。すると十手を返上して十五年以上という隠居老人の背がすっくと伸びて目がきらりと光った。

影二郎らは弥兵衛の母屋の囲炉裏端に招じ上げられ、弥兵衛の女房が好きなように過ごして下さい、とぼそぼそと言うと自分は納屋の仕事に戻った。それを見たおこまは、

「影二郎様、私もこの界隈を歩いてみましょうか」

と探索を願ったが、

「いや、この場は弥兵衛に任せようではないか」

とおこまの探索を許さなかった。

影二郎は囲炉裏の燃える炎を見ながら、その傍らに手枕で寝転んだ。

菱沼親子は三味線や丸太橋で得た弓箭の手入れをしていたが、喜十郎が、

「影二郎様、お伺いしてようございますか」

と目を瞑った影二郎にわざわざ断った。

「おれとそなたの仲だ」

「国定忠治は生きておるのでございますか」

「そなた、出羽角館に参らなかったか」

手枕のまま答えていた。

「いかにもご同道いたしました。が、鉄砲玉を受け、猛炎に焼かれた忠治の亡骸を検分なされたのは、関畝四郎どのと影二郎様にございました」

「関畝四郎はこの亡骸、忠治かとおれに尋ねおった。江戸への証がいろう、炎の中から忠治とおれいの骸を運びだせと命じたのはこの夏目影二郎だ。さて、それから一月も経ずして、忠治が盗区の会津西街道の隠れ家に潜んでおるという風聞が伝わった」

「風聞が正しければ、角館黒田家に潜んでいた忠治とおれいは別人ということになります」

「そうなるな」

と応じた影二郎をちらりと見たおこまが、

「父上、生きていようと死んでいようと忠治親分の伝説は、これからも私たちを走らせます。私どもは常磐秀信様の命に従うだけ」

「おこま、江戸を発つとき、父上はなんぞ命じたか」

「いつものように影二郎様に従えと申されました」

首肯した影二郎が、

「弥兵衛がなんぞ答えを持ってこよう」

と答えると手枕で眠りに就いた。その体におこまが南蛮外衣をそっと掛けた。

夕暮れの刻限、弥兵衛の使いが姿を見せて、

「夏目様、ご案内申します」

と告げた。

影二郎らはすぐに身仕度を整えると弥兵衛の女房に別れの挨拶をした。すると、

「夕餉の仕度をしておりましたのに」

と急な旅立ちに慌てることなく、

た。

「照さん、ちょいと時間を下さいな」

と断ると台所に戻り、手早く握りめしを作って竹皮に包み、おこまらに持たせた。

「お婆様、ご親切忘れません」

「おはつの命の恩人だ。これではしたりねえがね」

弥兵衛の古女房が別れを残念がった。

提灯を灯して山道に分け入った。

影二郎らにはどこをどう歩いているのか、皆目見当もつかない。ただ、照さんと呼ばれる弥兵衛の使いに導かれて、時に水が流れる岸辺や崖下の道を黙々と歩いていった。

影二郎の前をいくあかが足を止めて背の毛が立つときがあった。

暗闇を見回すと闇の中に光る目玉が見えた。猪なのか狐なのか、茶臼山と毘沙門山の間に広がる峡谷は、人間より獣が多く棲む地とみえた。

夜道を一刻半、歩いた後、最後に岩山に這い上がった。

高さ数丈の岩の上は八畳ほどの広さがあった。

照は岩の上に上がると提灯の明かりを消した。影二郎らは明かりが一瞬見せた岩山のあちこちに腰を下ろした。

眼下に川が流れているのか、せせらぎの音が響いて、冷たい風が吹き上げてきた。

岩の上で弥兵衛の女房が握ってくれた握りめしを食べ、寒さに耐えて二刻ほどじいっと待った。

照もこの岩場までただ案内しろと命じられたか、なにも説明しようとしない。弥兵衛は十手を返上した道案内ということで現場まで導くことを遠慮したか。

東の空にかすかな光が走った。だが、茶臼山の隠れ谷は未だ闇の中にひっそりとあった。

不意に暗闇の谷に明かりが浮かんで迫った。大きな光の輪が段々とその包囲網を狭めていく。

隠れ谷に朝が到来して不意に流れの縁に一軒の杣小屋がうっすらと見えた。

林の中から陣笠を被った武家が姿を見せた。

「石動万朔様にございますよ」

と照が言った。

一丁ばかり離れた河原に立つ石動は黒羽織に野袴を穿き長十手を手にした、その背丈は優に六尺を超えており大兵だった。

石動はしばし無言で杣小屋を見詰めていたが、長十手を振った。すると関東取締出役の配下の者たち十数人ほどが突棒、刺股、長十手を翳して、

「忠治、出ませえ！」

「逃れられはせぬ！」

と大仰に叫んだ。だが、杣小屋に突進していく様子はない。

杣小屋に潜む者たちはそれでも慌てて飛び起きた様子で小屋の外に出て待つ構えを見せたが、遠巻きにした捕り方らの前には石動万朔一人が長十手片手に立っていた。

「石動万朔か。てめえの命、忠治が貰った」

と小太りの人影が長脇差を抜いて翳すと不動の石動万朔に走り寄った。すると河原のあちらこちらに隠れていた鉄砲隊の鉄砲が放つ閃光が奔り、何挺もの銃声が重なり、長脇差を翳して走る渡世人と手下らの動きを止めて、その場に立ち竦ませるほど銃弾が人影を蜂の巣にして、くねくねと揺らした。

影二郎は角館城下黒田家の悪夢を再び見ていた。

銃声は何連射も繰り返され、ぼろぼろになった五人が小屋の前に斃れた。

「石動め、なんのために茶番劇を演じおるか」

非情な銃撃を冷ややかな目で見詰める関東取締出役の行動を見ていた影二郎が吐き捨て、

「喜十郎、おこま、参ろうか」

と岩場から下りていった。

第四章　奨金稼ぎ三番勝負

一

夜半の追分道に身を凍らすような風が吹いていた。乾いた地面を薙ぐように吹く風に雪が交じり、春は名のみということを教えていた。

ここは例幣使街道と日光道中が交わり、分かれる今市宿外れの追分の地蔵堂だ。

関東取締出役の石動万朔の道案内の一人、御厨の留太郎を通じて石動に、影二郎の首に懸かった奨金を稼ぎたい者あれば、こちらから指定する場所に三人の奨金稼ぎが出向くのを許すと命じていた。

その一番目に指定した場所が追分地蔵堂だった。

例幣使街道と日光道中が交わる内側は小高い盛地になっていて、地蔵堂があっ

て、

「右例幣使街道、左日光道中」

の石の道しるべが立っていた。

板屋根が葺かれた地蔵堂は、両開きの格子戸が嵌められ、三畳ほどの広さの板張りには地蔵尊が安置されて月参りで土地の信徒がお籠りするようになっていた。

中に小さな明かりが灯り、三味線の爪弾きが風に抗してはかなげに響いていた。

地蔵堂の背後は杉の大木が三本植えられていた。この古杉は、日光の杉並木の一部で旅人が遠くから今市宿を知る目印であった。

杉の大木を雪交じりの北風がゆさゆさと揺らして例幣使街道へと吹き抜けていく。

一文字笠を被り、南蛮外衣を身に纏った影二郎は石の道しるべのように動かない。ひたすら吹きつける風に抗するように立っていた。

今市宿の寺で打ち出す時鐘か、夜半九つ(午前零時)を告げた。

日が変わり、さらに一段と風と雪が強まり、気温が、
ことり
と音を立てて大きく下がった。

相変わらず今市宿に響くものは雪交じりの風と三味線の調べだけだ。

さらに四半刻（三十分）が過ぎたか。

風と三味線の音に交じって、
かちりかちり
という音が加わった。

二つの街道が合流して今市宿に向かうところに、

「名物湯葉料理の田川」

という料理屋があって苔むした藁葺き門が傾きかけてあった。新たな音は門下の暗がりから響いてきた。

影二郎が視線を巡らす要もないくらいこの数日姿を見せなかった幽鬼剣客赤星由良之進が掌の中で叩き合わせる胡桃の音だった。

（なんのために付きまとうか）

そんな感慨もない。

体温が下がり、思考が鈍り、眠気に見舞われていた。

だが、この場に崩れ落ちるように眠り込めば凍死する、影二郎は承知で風の中に立っていた。死の想念が鈍くなった脳裏を大きく占拠し、憧れさえ生じかけていた。影二郎は石動に約束した地に頑固にも無心にも屹立するように立っていた。

影二郎が睨む今市宿とは反対の例幣使街道からさくさくさくという足音が響いた。

(ほう、後ろから参ったか)

夏目影二郎の首に懸かった五百両を狙った奨金稼ぎの一番手は例幣使街道をやってきた。

影二郎は動かない。いや、動けという思考は生じてもすぐには体に伝わらなかった。体じゅうの筋肉が寒さに凍て付いて影二郎の意思を阻害していた。

緩慢な動きの影二郎の前へと姿を見せたのは、陣笠と打裂羽織に道中袴の武士を頭にした関東取締出役一行だった。

陣笠の主は身丈五尺七寸余の足腰ががっちりとした胸厚の、鍛え上げられた体格で武術の長い修行を思わせた。

その周りには二本差しの手代ら四、五人が固め、道案内と呼ばれる御用聞きの親分に手下らが六尺棒や高張提灯を手に従っていた。

その数、およそ十数人の一団だ。

道案内の御用聞きが手にした提灯の明かりが雪交じりの風に煽られて揺れた。

その明かりが追分をぐるりと移動して、地蔵堂から響く爪弾きに気付いた。

「お籠りにしては艶っぽいぜ」

道案内が気付いて呟き、不意に南蛮外衣に雪を塗した影二郎に気付き、
ぎょっ
としたように提灯を差し出した。

「八州殺しの夏目影二郎か」

「奨金稼ぎか」

影二郎の声は寒さのせいか緩慢に響いた。

ふうっ
と息を吐いた道案内が帯前から十手を出して影二郎へと突き出した。

「闇八州御使、烏川八兵衛様ご一行だ」

「闇八州、だと」

「関八州の治安をかぎられた関東取締出役で保つのは無理なこった。そこでどなたさまかが闇八州様をこの地に遣わされたのよ。烏川様がまず最初に始末なされるのは、八州狩り、八州殺しなんぞというふざけた名をもつ夏目影二郎よ」

「表の関東取締出役石動万朔は闇の八州まで支配いたすか。いや、江戸におられ

る妖怪様あたりが考え出された策か」

「夏目影二郎、そなたの首に懸けられた五百両、鳥川八兵衛様が頂戴する」

と闇八州の道案内が叫ぶと、鳥川八兵衛を残した一同が追分の盛地に立つ影二郎を囲んだ。

地蔵堂の三味線の調子が変わり、歌が加わった。

やんらめでたや、やんらたのしや
せじょまんじょの鳥追いと
御長者の内へおとずるは誰あろ、
右大臣、左大臣、関白殿か鳥追い
にしたもせんでよ、
ひがし田もよせんでよ

聞く人にはなんのことやら分からぬ歌詞だった。だが、雪交じりの風の中、おこまの詠(うた)う鳥追いの調べは嫋々(じょうじょう)と追分に響いて消えた。

ゆらり

と影二郎の体が動いて南蛮外衣を脱ぎ捨てた。

着流しの体が寒さに震えていた。影二郎は凍て付いた指先に力を入れた。するとばりばりと音がするようでぎくしゃくと指が開き、閉じた。

影二郎は瞑目（めいもく）すると寒さに震える肉体から自らの意思を切り離し、脳裏を無念無想においた。

「鏡新明智流夏目影二郎、増長いたしたか。長時間寒さの戸外に動くことなく立って待つなど愚かなことを」

と烏川八兵衛が吐き捨てた。

「烏川、闇八州を名乗るも愚か。そなたの始末、八州殺しの夏目影二郎がつけてくれん。覚悟いたせ」

三味線の調べと歌声がぷつんと絶えた。

地蔵堂の扉が大きく開かれた。

あかが真っ先に飛び出して影二郎の足元に寄り添い、闇八州と名乗った一団を睨んだ。

弓を構えた菱沼喜十郎と亜米利加国古留止社製の連発式短筒を構えたおこまがあかに続き、

「真っ先に屍を曝したい人間はだれだい」

と、最前の歌声の主とも思えぬ伝法な口調で言い放った。

「構わぬ、こやつらも一緒に殺せ」

烏川八兵衛がおこまの啖呵に抗して叫び、十数人の一団が一気に地蔵堂の盛地に飛び上がろうとした。

おこまの両手に保持された連発式短筒が十手を振り翳して飛び込んできた道案内の胸に向けられると躊躇なく引き金が絞られた。

ずずーん

とくぐもった銃声とともに、

ぽつん

と孔を胸に開けた道案内の体が追分道に吹っ飛んだ。

同時に道雪派弓術の達人の喜十郎の箭が弦を離れると一人の手代の胸に突き立った。

さらにおこまの二発、三発目が連射されて、続けざまに四人が追分地蔵堂の前に斃された。

だが、闇八州の面々は飛び道具に怯むことなく、未だ動こうとしない影二郎に向かって突進してきた。

「死に急ぎたい奴は鳥追いのおこま様があの世に送り込んでやるよ」

喜十郎の二の箭とおこまの連発式短筒が残弾を撃ち出して、さらに四人が地蔵堂にきりきり舞いに斃れた。

さすがに八人を一瞬の間に失った闇八州の残りの面々が、動きを止めてその場に立ち竦んだ。

喜十郎は三の箭を番えた。

だが、おこまは全弾を撃ち尽くしていた。

混乱した闇八州の面々にはおこまの短筒に弾丸がないことまで考え至らなかった。おこまは混乱に付け込んで連発式短筒の銃口を向けたままだ。

影二郎がゆらりと一歩踏み出したのはその瞬間だ。

動きを止めた残党が影二郎に気圧（けお）されるように後退した。

影二郎は腰の法城寺佐常をそろりと抜くと、雪交じりの北風に抗して先反佐常の切っ先を頭上に高々と垂直に立てた。

「始末してくれん」

影二郎の声に烏川が初めて刀の柄に手を置くと、

「一刀闇流烏川八兵衛が秘剣一撃必殺、夏目影二郎の首を頂戴いたす」

と宣告して、低い姿勢から一気に踏み込むと盛地へと駆け上がってきた。そして、不動の、いや、緩慢な動きの影二郎との間合を測りつつ、腰の剣を抜き回した。

迅速な剣が光になって影二郎の無防備な腰を襲う。

影二郎は烏川八兵衛の踏み込みを見計らい、ただ無心に立てて構えた先反佐常を振り下ろした。

胴斬りと上段振り下ろし。

迅速と緩慢な剣が交差した。

掌の胡桃をかちりかちりと鳴らしながら追分道に出て勝負の行方を確かめんとした赤星由良之進の手の動きが止まった。

雪交じりの風もぱたりと止まっていた。

赤星由良之進は見た。

影二郎の上段から振り下ろした刀が闇八州烏川八兵衛の陣笠を斬り割り、脳天を両断してその場に押し潰すのを。

しばらく烏川は影二郎が与えた法城寺佐常に身を支えられるように立っていた。

時が止まり、万物が動きを止めた。
どれほどの静寂と無音が追分を支配したか。
影二郎がふうっと息を吐き、
そろり
と先反佐常を引いた。すると烏川八兵衛の胸厚な体が、
ゆらり
と揺れ、それでもこの世に未練を残したようにその場に立っていた。
影二郎が佐常に血振りをくれた。
空気の波動が伝わったように烏川八兵衛の体が崩れて盛土の上から凍て付いた雪が覆う追分道に転がり落ちていった。
「うわわあっ！」
と生き残った闇八州の残党の一人が恐怖の絶叫を発し、その場から逃げ出そうとした。
「待ちな、影二郎様の御用が済んでないよ」
空の連発式短筒の銃口の先で牽制したおこまの声に一同の動きが再び止まった。
「石動万朔に申し伝えよ。二番手の奨金稼ぎは二日後未明、大谷川に架かる神

橋にて待つとな」

影二郎が先反佐常を鞘に戻すと足元の南蛮外衣をつかみ、身に巻いた。

「参ろうか」

菱沼親子に優しい声をかけた影二郎が追分道に下りた。

生き残った闇八州の小者が持つ提灯の明かりが奨金狩りの哀れな末路を示して、追分道に九つの骸を浮かび上がらせていた。

おこまが提灯の一つを手に取り、自分たちの明かりにした。

一行は追分道を突っ切り、日光道中今市宿に向かった。すると再び赤星由良之進が掌に持つ胡桃が打ち合わされて、

かちんかちん

という音を響かせながらついてきた。

追分から数丁入り、今市宿を抜けた。すると一里塚に腰を下ろす年寄りの旅人がいて、煙管を吹かしているのがおこまの持つ提灯の明かりに浮かんだ。

最初に気付いたのはあかで、甘えたように吠えた。

「蝮、どこぞの機屋の隠居のなりをしても、あかにはお見通しだ」

「南蛮の旦那、馴染みのご一統さんを騙す気はさらさらねえ。日中、渡世人の恰

好で歩くのが難しゅうてな」

「上様の御社参もすぐそこに迫っておる。国定忠治の子分の肩身が狭いのはよう分かる」

煙管の灰を落とした隠居の幸右衛門が一里塚から腰を上げて、影二郎らに加わった。

「幸助さん、お久しぶり」

「おこまさんも菱沼の旦那も堅固でなによりだ」

と互いに挨拶を交わした。

「茶臼山の隠れ谷の茶番劇を見たか」

影二郎が隠居の幸右衛門に扮した蝮の幸助に訊いた。

「南蛮の旦那、おまえさまは茶番と言いなさるが、あの杣小屋で五人の渡世人が命を落としたんだぜ」

「だれだえ」

「日光の円蔵兄いの従兄弟に島村の泉蔵という渡世人がいてな、この泉蔵さんは円蔵兄いの仇を討ちたいとかねがね思っていたそうだ。そこで茶臼山に忠治親分のなりをして潜んでいたと思いねえ。そして、自らも街道筋に忠治親分上州に戻るの噂を流させた」

「その噂に乗ったのが関東取締出役石動万朔か」

「石動は、はなっから親分じゃねえことを承知で鉄砲隊を潜ませ、島村の泉蔵兄いら五人をなぶり殺しにしやがった」

「石動は江戸にどう報告するか」

「石動万朔には忠治親分が生きていたほうが、なんとしても都合がいいらしいや」

「なんのためです」

おこまが問い返した。

「日光御社参の最中、畏れながら将軍様のお命を縮めようという一団が蠢いている様子だ。そやつらが将軍暗殺の後、忠治親分の仕業にしてしまうためと思ったがね、おこまさん」

「将軍様のお命を頂戴して喜ぶのは、関八州の住人より江戸の城中に潜んでいるどなたかじゃありませんか」

「鳥追いの姐さん、そういうことだ」

「蝮、忠治は上州に戻ってないな」

影二郎が念を押した。

幸助の返答はすぐに戻ってこなかった。

「戻っておるのか」

「噂がないこともねえ」

幸助が噂という場合、石動ら関東取締出役からの情報ではない。八州廻りに対抗して緻密に張り巡らされた闇の情報網だ。

国定忠治が健在の折りはこの闇の情報網を忠治の腹心の日光の円蔵が仕切っていた。ために関東取締出役のそれよりも迅速で確かなものであった。

だが、円蔵は関東取締出役の富田錠之助、中山誠一郎の追捕を受けて、赤城山中に捕まった。その時、闇の情報網は途絶瓦解したようにみえた。それでもずたずたになった連絡網はなんとか機能しているところもあるとみえて、幸助はそこから情報を得たのだ。

「忠治は妾のおれいと子を伴っているのか」

「夏目の旦那、そこまでは分からねえ。島村の泉蔵さんと同じように昔忠治親分に恩を受けた渡世人が忠治親分を助けるために、石動万朔らの注意を引き付けて新たな噂を流しているだけかもしれねえ」

「蝮の幸助兄さん、やはり忠治親分は生きておられるのですね」

幸助がおこまを振り見て、

「姐さん、おれの口からはなんとも答えられねえ。忠治死すも真実なれば、忠治健在の噂も否とは言えねえ。親分の名が勝手に関八州を独り歩きして、将軍様の暗殺の下手人に仕立て上げられようとしているのだ。おこまさん、そいつばかりは蝮の幸助には許せねえことだ。渡世人には渡世人の分があらあ、その分を忠治親分は大事にしてなさった」

「蝮、人間老いると分を忘れるということも考えられる。忠治が縄張りに生きておるかどうか、しかと探って参れ」

蝮の幸助が影二郎の厳しい言葉に足を止め、影二郎を睨んでいたが、

「人間落ち目にはなりたくねえ」

と呟くと、

「二日後未明、神橋だったな」

と言い残して杉の並木道の陰へとふわりと消えていった。

蝮の幸助も追分の地蔵堂の戦いを見ていたのだ。

二

夜明け、大谷川の流れから朝靄が立ち昇っていた。

影二郎の一行は大谷川の岸辺にある七里の集落に入っていった。一軒の豪農の長屋門を潜ったとき、あかが懐かしげにくんくんと辺りの臭いを嗅いだ。そして、七里の名主勢左衛門の家と昔の記憶をたどったか、

うおううおう

と嬉しそうに吠えた。

影二郎は、天保七年の日光訪問で偶然に知り合った名主の老人とその後も交友を重ねてきた。だが、勢左衛門は年齢が年齢だ。元気でいるかどうか、影二郎には一抹の不安があった。

あかの吠え声を聞いたか、少し腰が曲がった老人が庭に姿を見せて長屋門のほうを見ていたが、

「なんと夏目様とこの世でもう一度お目にかかるとは、日光御社参がもたらす縁にございましょうかな」

と予想外に元気な口調で言いかけた。敷地の中にある野菜畑で手入れしていた感じだ。

二人にとって一年ぶりの再会だった。

「ご老人、ご壮健の様子、なによりかな」

影二郎が言いかけると勢左衛門が、

「夏目様に最初にお会いしたのは天保七年、この里のあんば様の祭礼の場にございましたよ。あの頃、十一代将軍家斉様の日光御社参が取り沙汰されて、老中本荘伯耆守宗発様が日光に滞在して御社参の準備をしておられました」

と出会いの時を振り返った。

「じゃが、家斉様は結局老いの身に勝てず日光詣でをなすことなく、われらが出会うた翌年に隠居なされた」

「いかにもさようでした。まだ元気だった忠治親分の名と関八州を覆う不況不作が家斉様の日光御社参を止めたのでございましたよ」

と勢左衛門がわずか七年前を懐かしげに振り返った。

天保期、七年の歳月は平時の百年の動きにも相当した。それほど幕藩体制を取り巻く内外の情勢は厳しく流動していた。

「夏目様、ようも訪ねてこられました。ささっ、家にお上がり下され」

「大勢で押し掛けたがよいか」

「勢左衛門、冥途の土産にこたびの御社参を楽しみにしておりましてな、その話をしませぬか」

と勢左衛門が影二郎らを母屋の囲炉裏端へと案内した。

名主の家だ。男衆も女衆も大勢奉公していたが、その何人かは影二郎の顔を見知っていた。

夜旅の仕度を解いた一行が囲炉裏端に落ち着いたとき、

「夏目様、関八州はわずか七年前とえらい様変わりにございますよ。私も年を取ったが、それ以上に忠治親分の一家の凋落はどうか」

勢左衛門の語調には寂しさがあった。

「栄枯盛衰は世の習いじゃぞ」

「家斉様の日光御社参を関八州のために止めた忠治親分でしたが、こたびはどうもその力は残ってございません」

「ご老人、忠治が死んだという噂もある」

勢左衛門が影二郎を睨んだ。

「夏目様、それを信じておられるので」

「噂を噂として話しておるだけだ」

と影二郎は答えた。

「夏目様、この土地の人間は忠治親分が関八州の外で関東取締出役の旦那方に追い詰められて殺されたなんて信じちゃいません、信じたくないのでございますよ。どうせ国定忠治親分が最期の時を迎えるのなら、威勢を張ったかつての縄張りの中で見事に斬り死にしてほしいとね、だれもが願っておりますのさ。嘘でもいい、大芝居を打ってあの世に旅立ってほしいと思うておりますのさ」

と勢左衛門が目を潤ませて語り、

「年をとると涙もろくなっていけません」

と自嘲すると手拭いで瞼をごしごしと拭った。

「天保七年に企てられた御社参とこたびの御社参、違いがござろうか、ご老人」

「夏目様、繰りごとですが、すべてが下り坂ですよ。忠治親分の力は言うに及ばず、関八州を覆う不況不作は一段と酷さを増し、幕府はいよいよ本気で神君家康公をたよるほか、なす術がございません。年寄りの目には八方ふさがりの世の中と映ります」

「天保七年の折り、勢左衛門どのは日光御社参に地元が負担する分担金のことを案じていたな。こたびはその金子が集まったゆえ御社参が挙行されるのであろうな」

「それでございますよ。このためにどれほどの血が流れたか。どれほどの娘が悪所に売られたか、どれほどの百姓が田圃を手放し逃散したか。夏目様は関八州の流浪人だ、この年寄りより承知にございましょう」

影二郎は黙ってうなずくしかない。

「夏目様、将軍様の日光詣でが無事に終わったとて、あちらこちらと綻んだ幕藩体制が旧に復するわけではございますまい」

「いかにも」

「日光御社参の間の安全など、なんの意味もございませんよ。莫大な費用をかけての儀式が終わった後が大事にございます。徳川幕府のお膝元の関八州が平穏にして田畑豊穣、商い繁盛でなければ御社参を催した意味がございません。そのような気配がどこかに感じられましたか」

勢左衛門の言葉は穏やかだった。だが、穏やかさの中に絶望と諦めがあった。

「ご老人、そなた、こたびの将軍様日光詣でを冥途の土産、楽しみと申さなかったか」

「申しました。落ちるところまで落ちた幕府が取った策が川越藩松平様、高崎藩松平様、伊勢崎藩酒井様ら城を置く大名方はもとより、武州世田谷に飛び地を持たれる井伊掃部頭様を始め、複雑に入り組んだ関八州に少しでも飛び地を持たれる大名家二十九家の武力を糾合して、国定忠治親分ら無宿人、渡世人、逃散人らを取り締まろうという、今更ながらの愚策にございます」

と言い切った。

「妖怪どのあたりの知恵ではないか」

「いいえ、老中水野様に進言なされたのは関東代官であった羽倉外記様と聞いております」

羽倉も水野に抜擢され関東代官から前年の天保十三年に納戸頭兼勘定吟味役と幕府中枢に出世していた。いわば水野の子飼いの官僚だった。関八州を肌身で知る羽倉外記からこのような考えしか生じてこないとは、影二郎も暗澹とした思いは勢左衛門と同じだ。

「江戸では水野様が上知令を画策しておられるという噂が流れておる」

「はい、この策も関東代官として関八州を知り尽くした羽倉様が考え出されたとか。元々関八州は幕府のお膝元ゆえ交通の要衝に譜代大名を置き、大名家の飛び地や旗本の知行所を置いた複雑な土地柄にございます。ために支配地の監督役所が異なり、取締りがなかなかうまくいかなかった事情がございまして、罪を犯した無宿人が幕領から大名領に逃れ、また幕領に舞い戻って悪さを重ねてきた」

「幕領、大名領、旗本の知行所を超えて取締りが行える関東取締出役を設けたのもその弱みを補うためであった筈」

「夏目様に申し上げるのも釈迦に説法にございますが、関八州を自由に往来して取り締まる関東取締出役がさらに関八州の綱紀を緩ます因を作ったのでしたな。強権を得たのをよいことに弱い者いじめに銭集め、不正の温床にございます。夏目影二郎様は勘定奉行のお父上常磐秀信様の命で腐敗した八州様を始末する御用旅を始められましたが、効き目がございましたか」

影二郎は首を横に振った。

「ご老人、おのれの力を自惚れたわけではない。始末しても始末しても不正を働く官吏は雨後の筍のように現われる」

「関八州の土地をすべて幕府が収公する上知令が実行されれば間違いなく幕府の命とりになりまする。大名家、大身旗本は知行所があればこそ幕府と公方様に忠誠を誓う者たちにございます。その箍が緩んだとしたら、再び関八州は戦国時代に舞い戻ります。その折り、泣かされるのは民百姓、女子供です」

と勢左衛門が言い切った。

しばし囲炉裏端に沈黙が続いた。

あかは囲炉裏が切り込まれた板の間に続く広土間の一角に筵を敷かれて寝場所を貰って体を丸めていた。

徹夜旅のあとだ。だれもが体は疲れていたが、勢左衛門の憤りと悲しみに精神は冴え冴えと覚醒していた。

「日光御社参の上様の暗殺が噂されておるな」

「天保七年の折り、家斉様を国定忠治親分が殺す、行列に殴り込むと噂が流れ、濡れ衣が着せられました。忠治親分が全盛を誇ったときですら、子分は高が五、六百人です。直参旗本八万騎、三百諸侯に守られたお行列をどうするというのです」

「ご老人、あの折り、忠治にその気がなかったかと言ったら嘘になる。忠治は血気盛んで関八州を変えるには家斉様の政を終わらせねばならないと考えていた節がある。それがしはそれを忠治に感じ取った」

「忠治親分を直に知る夏目様の言葉、異は唱えませぬ」

「だが、こたびの日光御社参で、事情が違う。もはや忠治には往年の力はない」

「忠治親分は生きておると申されるので」

と勢左衛門が切り込んだ。

「生きておったとしてもだ、ご老人」

「死んでいては、いくらなんでもお行列に殴り込みもなりますまい」

影二郎はただうなずくと、

「ところが、上様暗殺に忠治の名が使われておる」

「背後にたれぞが潜んでなにかを企んでおると申されるので」

「ご老人、そなたが上知令は関八州の譜代大名、旗本の死活問題と申したな。関八州を知り尽くした羽倉外記が草案し、老中水野様が容認なされたとき、関八州に大名一揆、旗本一揆が起こるか」

影二郎は念を押した。

家慶暗殺の首謀者は、幕府のお膝元に潜んでいるのではないか、知行所を取り上げられる者たちの中にいるのではないかと影二郎は考えたからだ。

その者たちにとって、公方様暗殺の企画者が国定忠治であることこそ実に都合がよいことではないか。

「繰り返し申し述べます。伊勢崎藩の酒井様他二十八家の方々には、関八州の取締りのために手と金を貸せと命じられ、同時に上知令では所領地の召し上げを画策されておられます。だれがこのように利害が相反する二つの話に乗ると思われますな。幕閣の政は田舎爺にはよう分かりませぬ」

と勢左衛門が応じた。

影二郎はうなずくと、

「板取朝右衛門と申す者の名を聞いたことはござらぬか、ご老人」

と話題を変えた。

「そのお方がこたびの上知令を実際に推進しておられるのです。各大名領にも隠密で入られ、所領地の隠し田などを調べておられるそうにございます」

「ついでに問う。青砥梅四郎なる人物に覚えはござらぬか」

「いえ、知りませぬ。そのように珍しい姓であれば年寄りの記憶にも残っておるものですがな。どのような関わりのお方です」

「石動万朔、板取朝右衛門の名とともに父上がそれがしに渡した書付に記されておった名だ」

「石動万朔様と板取様とて関わりがあるかどうか」

と勢左衛門が首を捻った。

影二郎は話柄を変えた。

「ご老人、久しぶりに会うて早々質問攻めですまぬ」

「それが夏目様の御用にございますよ。時間と好奇心だけはたっぷりとある年寄りにございましてな、遠慮は無用です」

「その言葉に甘えてもう一つ尋ねる。そなたの元にも関八州に手配された奨金狩りの元になる金子の喜捨を言うてきたか」

「関東代官の御名で七里には強制金五両が命じられました」

「払わざるをえまいな」

「夏目影二郎様にも忠治親分と同じ五百両が懸けられておりますそうな」

「だれが敵やら味方やら皆目見当もつかぬわ」

勢左衛門が囲炉裏に薪を新たにくべた。

菱沼親子は沈黙したまま二人の会話を傾聴していた。

「夏目様と初めてお会いしたとき、私めが二荒山の百兵衛親分の賭場をお教えいたしましたな」

「あの折り、忠治と再会する手筈をご老人が整えてくれたな」

「あれは偶(たま)さかのことにございますよ」

「と聞いておこうか」

と応じた影二郎が、

「確か百兵衛の賭場は東照大権現(とうしょうだいごんげん)の東森の外れ、慈光寺(じこうじ)という荒れ寺であった」

「三年前に百兵衛親分は亡くなりました。近頃、あの荒れ寺をさる大名家が日光御社参の折りの日光屋敷として譲りうけたとか、そのような噂がこの界隈に流れておりましてな」

「ほう、荒れ寺が大名家の日光屋敷になったとな」

「東照権現宮東の森は神域ではございません。ですが、そこから将軍様が詣でられる社殿はすぐにございましょう」

勢左衛門はなにを仄(ほの)めかしているのか。

「日光に到着なされた例幣使先遣御方麻比奈様ご一行がご宿泊所を素通りしてこの日光屋敷に出向かれたという話が田舎爺の耳にも伝わってきましてな。待ち受けていたのは江戸城大奥に何年も巣くってきた上臈(じょうろう)年寄とか」

「ほう、公方様の日光御社参を前に怪しげな者たちが東照宮の森の外れに顔を揃えたものよ」

菱沼親子が囲炉裏端から立ち上がり、

「ようようわれらが出番が参りました」

と探索の仕度を始めた。

「喜十郎、おこま、それがしも夕暮れ前には門前町鉢石(はついし)の旅籠〈いろは〉に居を移す。一夜、勢左衛門どのと昔話をしていたいが、上様の日光御社参を前になにやらこの界隈に暗雲が垂れ込めておる。それを取り除くのがわれらの仕事、頼もう」

菱沼親子が頭を下げると囲炉裏端から出ていった。

その日、影二郎だけが名主の勢左衛門の家に残り、世間話をしながら過ごした。

「ご老人、世話になった」

「夏目様は御社参が終わるまでこの界隈に滞在にございますな」

「そうなろう」

「また会えますな」

影二郎は大きくうなずくと立ち上がった。するとたっぷりと体を休めたあかが筵の上に起き上がり、伸びをした。

夕暮れの前、勢左衛門に別れを告げた影二郎とあかは、日光門前町鉢石の旅籠〈いろは〉に移った。

小伝馬町(こてんまちょう)の牢屋敷を、勘定奉行に就任した実父常磐秀信の力でひそかに出された影二郎が八州狩りの命を得て、利根川を渡ろうとしたとき、二つの命を救った。

藁籠に乗せられた四匹の子犬のうち一匹が生き残り、弱々しい鳴き声を上げていた。影二郎が憐憫(れんびん)をかけ懐に入れて旅を始めたのが、今も御用旅に伴うあかだ。もう一つ、借金のかたに荒熊(あらくま)の千吉(せんきち)の妾にされようとした娘を父親が小舟に乗せて向こう岸に渡そうとしていた。おみよは腹を空かせた子犬に自分の大事なふかし芋をくれた。

このおみよを千吉の手から救い、叔母が女中頭を務めるという日光門前町鉢石の旅籠〈いろは〉に届けたのが七年前だ。

叔母は亡くなったがおみよは立派に成長して〈いろは〉の若主人と所帯を持ち、旅籠を切り盛りしていた。

「夏目様、あか」

と嬉しそうな声を上げたおみよが、あかに抱き付いて再会を喜んでくれた。

「四月には公方様の日光御社参がございます。夏目様、こたびはゆっくりと逗留にございましょうね」

と訊いたものだ。

「おみよ、日光御社参が差し迫っておる。おれのような者にも御用が下るのが当節のご時世だ。ゆっくりできるか、今晩にも発つことになるか、とんと見当もつかぬ」

「あかの他にお連れ様がございますので」

「そなた、知っておったかのう、菱沼喜十郎親子がそのうちに姿を見せよう」

「ならばお連れ様がお見えになるまで湯にお入り下さい。日光御社参の年、湯船を新しくいたしました」

とおみよが影二郎を湯殿に案内していった。

無人と思った湯殿に客がいて、湯船の中から片手を出して、

かちりかちり

と胡桃を打ち合わせて音を立てていた。

幽鬼剣客赤星由良之進だ。

三

「そなた、われらに付きまとうが、なにか用か」

湯船にそろりと足先から入った影二郎が尋ねた。

「前々から日光に詣でたかった」

赤星が平然と言うと湯の中に浸けた手を上げて、つるりと顔を洗った。

「未だおれの首の五百両に執心か」

影二郎と湯を一緒にしながら平然としている幽鬼剣客に尋ねた。

「正直五百両は多い、使い切れぬ」

とぼけた答えが返ってきた。

「日光御社参振興会座頭なる勧進元が定かではない。奨金稼ぎを煽り立てておいてそなたや忠治の首を落とし、五百両を払わぬことも大いに考えられるな」

「いかにもそのようなことも考えられる」

「日光山は関八州の街道をいく狐狸妖怪の溜まり場よ」

「ふっふっふ」

と笑った赤星の片手の胡桃が、

かちり

とまた鳴った。

脱衣場で人の気配がして、抜き身の浪人が姿を見せると、

「夏目影二郎はどちらだ」

と静かに問うた。

奉公を辞したのは最近のことか、あるいは未だ関八州の大名家あたりの奉公人か、黒羽織に袴姿だ。ともかく五百両に目が眩んでの行動と思えた。

「それがしだが」

と影二郎が答えるとすうっと体の向きが影二郎に向けられた。なかなかの武芸の熟練者と推測された。

「おもしろいことになった」

と赤星由良之進が呟くと、影二郎とは反対側の湯船の縁に体を寄せて、胡桃の音を響かせた。

その行動を油断なく見届けた奨金稼ぎが影二郎に注意を戻し、

「そなたの首に懸かった奨金、神道夢想流池田猪三郎が貰い受けた」

と抜き身を下段に流したまま、赤星に向かい、

「怪我をしたくなくば湯船から上がれ」

と命じた。

「ほう、それは親切な」

と答えた赤星が、

「池田どの、それがしもこやつの首を狙っておる一人だ。そなた、脇から突然現われ、ちとずるいな。それがしに一枚噛ませてくれぬか。分け前は百両でよいがな」

と抗議した。

「そなた、こやつと一緒に湯船を血に染めるか」

赤星の動きを牽制しながらも、奨金稼ぎは脱衣場から洗い場の間の五、六寸の高さを下りようと左足を虚空にそろりと差し出した。

湯船で身動きのつかない影二郎は一見素手に見えたが、髷に珊瑚玉の飾りの唐かんざしが挿し込まれていた。しかしながら影二郎の片手は湯船の縁に、もう一方は湯の中にあって、唐かんざしをつかむ機を逸していた。

池田の左足が洗い場の床に着き、体重が左足へと移り、右足が脱衣場の床から

浮いた。

その瞬間、赤星由良之進の胡桃を持つ手が、

ひょい

としなり、胡桃が一つ、湯殿の明かりの下で飛んで池田某の右目を、

発止！

と捉えていた。

予測もしなかった胡桃の急襲に池田の体の構えが崩れ、脱衣場に尻餅をついた。追撃を避けようと池田は必死で尻餅のまま、後ずさりした。

それを見た赤星が、

「池田猪三郎、順番も心得ず、分け前も断るとはちと強欲であろう。面を洗って出直して参れ。さすれば夏目どのもそなたの望みを聞き届けよう」

ととぼけた口調で言うと影二郎に視線を戻して、

「のう、夏目どの」

と念を押すように言った。

「ご親切痛み入る」

「と、申されておる。池田猪三郎、言うことを聞かずば、それがしが相手になる」

と言い放った。

池田某は胡桃に撃たれた目がよほど痛むのか、脱衣場で呻いていたが、さらに後ずさりして気配が消えた。

「助かった、礼を申しておこう」

影二郎が赤星由良之進を見た。

「礼など要らぬ。それがしの獲物を横取りされてもかなわぬ」

と答えた赤星が湯船から上がり、

「五百両の遣い道が定まらぬと、どうもそなたの首を落とす気にならぬ」

と言い残して、こちらも湯殿から脱衣場へと姿を消した。

「赤星どの、この宿に泊まっておるなれば、旅籠代は気にいたすでない。それがしの知り合いの宿でな」

「借りができては勝負の折り、切っ先が鈍る。断る」

脱衣場からこの声が響き、衣服を着る音がしばらくしていたが、そちらの気配も消えた。

「赤星由良之進、おかしなやつよ」

と呟いた影二郎は肩まで湯に浸かり、両眼を閉じた。

四半刻後、〈いろは〉の囲炉裏端に影二郎が行くと、おみよが大勢の女衆を指揮して夕餉の仕度に大忙しの様子だ。

「湯加減も見ずにご免なさい。いかがでしたか」

「体の芯まで温まった」

影二郎は寒気の中、探索を続ける菱沼親子の姿をちらりと脳裏に留めながら答えていた。

うなずき返したおみよの体がどことなくふっくらとしていた。一年前の体付きと違うと影二郎は思った。

「おみよ、子を授かったのではないか」

「あら、お分かりですか、夏目様」

「なんとのうな」

「年の瀬には生まれます」

「それはめでたい。なんぞ祝いを考えぬといかぬな」

「それはちと早うございますよ」

と答えたおみよが、

「夏目様、ただ今ご酒をお持ちします」

「急がなくともよい」

と答えた影二郎の声にあかがひょいと顔を上げて主を見た。満足げな表情を見せているところを見ると、すでに餌を貰ったか。

「おみよ、赤星由良之進なる客が泊まっておろう」

「赤星様」

と酒の燗を見ていたおみよが訝しげな表情で考え込み、

「そのような名前のお客様がいたかしら」

と首を傾げた。

「頰が削げて幽鬼のように見えんでもないが、よう見ると愛嬌がないこともない。掌に胡桃を二つ持ち、打ち合わせておる浪人剣客だ」

「あっ、忘れておりました」

「やはり泊まっておるか」

「いえ、最前玄関先に姿を見せられて東照権現社にお参りしたいが旅塵に汚れておる。宿代の十分な持ち合わせがないゆえ、面倒ながら湯だけ使わせてくれぬかと丁重に湯銭を出されたお方がございます、その浪人様にございましょう」

「泊まり客ではなかったか」

「うちの湯は泊まり客のためのものにございます。普段なればお断りするところです。でも、東照権現様にお参りするために身を清めたいと申されるお方を無下にお断りするわけには参りませぬ。湯を使ってもらいましたが、なんぞ不都合がございましたか」

「なんの、命を助けられたわ」

「命を。どういうことにございますか」

「言葉の綾と思え。あのお方、こたびの道中で何度か見かけた顔じゃ」

と影二郎はおみよを心配させないために湯殿に侵入した奨金稼ぎ池田猪三郎のことは伏せて応じた。

「夏目様、ささっ、お一つ」

影二郎に大ぶりの猪口を持たせたおみよが酌をしてくれた。

「忙しい刻限だ、気を遣うでない」

「一つだけお酌をしたら仕事に戻ります」

と答えたおみよだが、

「あかはいくつになりました」

と聞き返した。

「そなたと出会うた利根川河原の朝から七年の歳月が巡ってこようとしておる」

「夏目様に助けて頂かなければ私は荒熊の千吉の妾にされておりました。つくづく私は幸せ者にございます」

「そなたに備わった運がこの立場に立たせたのじゃ、今の幸せを大事にせよ」

はい、と答えるおみよの片手が無意識の内に新しい生命が宿る腹に置かれていた。

影二郎は猪口の酒を静かに舌に転がし、喉へと落とした。

「あれこれと旅を重ねてきた。囲炉裏端に座り、わが家にいるようなしみじみとした気分になるのはここだけかも知れぬ」

「お世辞にしてもうれしいかぎりにございます」

「そなた相手に世辞を言うてどうなる」

「うちの人は、将軍様の日光御社参の折りには、うちでなんとしても公方様のお行列をお迎えしたいと言うております。日光御社参の間は、他国の者は日光に入れませぬ。よほど早くからうちに来て、土地の方々と顔馴染みになっておりませぬと、とうちの人と話し合うておるところです」

「なによりのことだ」

との影二郎の返答に腰を浮かせかけたおみよが、
「夏目様、男衆が噂しておりますが、夏目様にも五百両の奨金が懸かっておると
か、真のことにございますか」
「忠治と同じく五百両じゃそうな。夏目影二郎も大した出世をしたものよ」
「夏目様のお父上は、幕府の偉いお方と承知しております。その父御の命を受け
て御用を務める夏目様になぜ奨金が懸けられるのでございますか」
「たしかに五街道を取り締まる大目付の職に就いておられる」
「その倅様に奨金とは、なんとも不思議な話にございます」
「どうやら関東代官羽倉外記様やら南町奉行鳥居耀蔵様方の思惑が錯綜しての結
果とみえる。勧進元もはっきりとせぬ奨金を目指して、煩わしくも有象無象が姿
を見せおるわ」
影二郎の脳裏に再び〈いろは〉の湯殿まで侵入してきた奨金稼ぎ池田某が赤星
の胡桃一つで撃退された姿があった。
「夏目様はお父上の命で日光に参られたのですよね」
「いかにもさよう」
おみよは影二郎の初めての八州狩りの旅を知っていた。

影二郎は、秀信が命じた始末するべき六人の関東取締出役を知るために、その敵である国定忠治に会おうとしていたがなんの手蔓もなかった。

そんな時におみよと出会ったのだ。

「こたびも忠治親分を探し求めてのことですね」

「いかにも」

「忠治親分は出羽国で八州様の関畝四郎様に討ち果たされたという噂が聞こえてきましたが」

「そうじゃそうな。だが、国定忠治の縄張り内の住人は外に逃れた親分が八州の手にかかって命を落とすなど、ある筈もないと考えておるようだ」

「いかにもさようですよ。忠治親分は縄張り内で華々しく討ち死になされます」

おみよも言い切った。

「おみよ、忠治が籠った赤城山の砦の案内人はそなたであったな。そなたがいなければああ早く忠治とは知り合いになれなかった」

「親分の首を討ち落とすのは夏目影二郎様にございましたな」

「それを承知か」

この約束、忠治と影二郎、それに限られた人が知るだけの事実だった。

「おみよ、忠治の身内が姿を見せたか」

「蝮の幸助様が」

「ほう、立ち寄ったか」

「だいぶ以前のことです、飛脚屋に化けておいででした。その折り、疲れ切ったご様子でしたのでうちの納屋で一泊していかれました」

「おみよ、あやつ、ただ今は機屋の隠居の幸右衛門に扮しておる。数日内に姿を見せるやもしれぬ。その折りは、離れ屋にでも泊まらせてくれ」

と影二郎が願うとおみよが大きくうなずいた。

その時、新しい泊まり客が到着したのか、玄関口が急に騒がしくなった。

おみよが影二郎に会釈を残すと玄関に飛んで出ていった。

台所に男衆が姿を見せて濯ぎ水がいくつも桶に用意されて運ばれていった。玄関から足音がして陣笠と刀を手にした役人が囲炉裏端に姿を見せた。

関東取締出役の中山誠一郎だ。

誠一郎は羽倉外記の自慢の八州廻りで阿漕(あこぎ)な不正に手を染めてない、数少ない関東取締出役の一人だった。影二郎とは表向き、敵対するようなことはなく付かず離れずの関係を保っていた。

「おや、夏目様にございましたか」

中山が影二郎を大目付常磐秀信の倅として遇したか、丁寧に呼びかけた。

「お役目、ご苦労に存ずる」

影二郎も丁重に中山を迎えた。

陣笠と刀を囲炉裏端に置いた中山がどっかと腰を下ろした。

「夏目様もわれらが忠治の首を落とす御用を命じられましたかな」

「その前にそれがしの手配書きが奨金付きで出廻り、えらく難渋しておる」

「あの茶番にございますか」

「茶番か」

「勧進元が関東取締出役と申す者がおりますが、お間違いのないように願います。われらが手配書きを出すときはわれらが役職名で出します。なにより忠治の首五百両、夏目様の首五百両だけで千両もの金子、関東取締出役のどこにあるというのです」

「関八州の分限者が講のようなものを作って出資しておると聞いたがな」

「ともあれ、関東取締出役は与り知らぬ話にございます」

と中山誠一郎が言い切った。

「おれは石動万朔なるそなたらの仲間がこの奨金首の胴元と聞いたぞ」

「石動某についてはそれがし関知しとうございませぬ」

「おれもしつこくは聞きたくはない。だが、一つだけ質しておこうか」

「なんでございますな」

「茶臼山山麓の杣小屋に国定忠治が潜んでおると、石動万朔は鉄砲隊まで繰り出して射ち殺したようだな」

「目撃なされたので。それとも噂話で承知なのですか」

「ああ、忠治捕縛を自ら喧伝しての捕り物だ。見物も一興かと夜道を参った」

「大仰な捕り物を見せられた感想はいかがです」

「島村の泉蔵と仲間の五人が無慈悲に殺されおった」

うなずき返した中山が、

「関畝四郎から聞きました。出羽角館城下黒田家に潜んでいた忠治と妾のおれいにその間に生まれた赤子の三人の身柄を検分なされたのは、夏目影二郎様だそうですね」

「関とおれが検分したのは炎に焼け焦げた亡骸だ。生きておる最後の姿を見届けて、エンフィールド銃を撃ちかけたのは関畝四郎らの鉄砲隊じゃぞ。それがしは包囲線の外におったで生きている最後の忠治の姿を間近に見ておらぬ」

「忠治かどうか真偽は知らぬと申されますか」

「関畝四郎はすべての状況を勘案して国定忠治の死を幕閣に報告したのであろう。そなた、異存があるか」

中山は影二郎の問いには答えず、

「夏目様、常磐様からの命をお訊きしてようございますか」

「国定忠治が会津西街道入口、茶臼山の隠れ家に生きて潜んでおると、幕閣のさるお方から厳しい詮議があったゆえ、確かめて参れというものであった」

という影二郎の答えに大きくうなずいた。

「夏目様、忠治は角館に死んだのでございますな」

中山がまたそのことに話題を戻した。

「関畝四郎が同輩のそなたらを騙したと申すか」

「いえ、そうではございません」

「中山どの、忠治が角館に斃れたのが真実であっても、関八州の住人の大半は忠治が死んだことをいつまでも信じようとはしまい」

「いかにも」

「このようなご時世だ。忠治が死のうと生きていようと、われらは忠治の伝説と影にこれからも脅かされることになる。忠治という人物を生み出したのは関八州の風土と幕府の無策だ」

「夏目様は死んだ忠治の影を追い掛け続けられますので」

「嫌でもそうしなければなるまい。そなたも同じよ、立場が違っても上様の日光御社参の日まで、いや、徳川幕府の命運が尽きるまでわれらは関八州をさ迷い歩くことになる」

と影二郎が言い切り、中山誠一郎は同意の無言を貫いた。

四

中禅寺湖（ちゅうぜんじこ）から高さ百間を一気に流れ落ちる華厳（けごん）の滝は、その膨大な水を大谷川と変じさせて岩場を伝い、東照権現宮の正面に回り込んで、門前町の鉢石宿の北側を流れていく。

そのために鉢石宿には常に冷気が漂っていた。

影二郎は〈いろは〉の囲炉裏端で菱沼喜十郎とおこまの帰りを待った。

探索は夜を徹したものになり、〈いろは〉になかなか姿を見せることはなかった。そして、重い疲労を全身に纏わり付かせて喜十郎だけが姿を見せたのは昨夕のことであった。

菱沼親子は東照宮の東の森の外れにあった、二荒山の百兵衛が関八州の俠客、分限者を集めて賭場に使っていた元慈光寺に一昼夜半ほどへばりついていたのだ。

「ご苦労であった」

「渡世人が賭場に使う廃寺と聞いておりましたが、なんとも広い敷地でございますな」

「夜中に訪ねたゆえ、そのように寺の敷地にまで注意が至らなかった。それがしが忠治と会った頃は、だいぶ荒れていたように思うがな」

「影二郎様、例幣使先遣御方ご一行が宿泊所に使ってもなんら不思議がないくらいの大修繕がなされておりまして、屋敷も庭も立派な手入れにございました。それだけに忍び込むのにいささか苦労いたしました」

「おこまはどうした、未だ屋敷に残っておるか」

はい、とうなずいた喜十郎は、

「あの界隈で日光屋敷と単に呼ばれる家が日光御社参を前に奉公人を何人も雇う

という話がございましてな、年寄りに扮装させたおこまを飯炊きとして潜り込ませました」

「それは上出来。それにしてもよう雇い入れられたな」

「影二郎様、いささか急な話にございましたゆえ、それがしの一存で七里の名主勢左衛門様の名を借り受けて身元引受人という偽書を拵えまして口入れ屋を騙しました」

と喜十郎がばつの悪そうな顔をして応じた。

「勢左衛門どのには即刻お断りの文を書こう」

と請け合った影二郎に、

「百兵衛の賭場の跡の日光屋敷、なぜか八州屋敷とも呼ばれておるそうです」

と喜十郎が言い足した。

「どこぞの大名家が用意した日光屋敷が八州屋敷とな。関東取締出役と深い関わりがあるのか」

「とは申せ、関東取締出役では石動万朔だけが出入りを許されておるようでございまして、ただ今は麻比奈君麻呂様ご一行が逗留し、今朝方、石動万朔ひとりが姿を見せて、一刻ほどおりました。どうやら屋敷では大勢の人を迎えるようで、その仕度に膳、器、食べ物、呑み物などを今市の商人を呼んで急ぎ手配したところにございます」

「八州屋敷に魑魅魍魎（ちみもうりょう）が顔を揃えるのにはだいぶ時がありそうか」

「膳などを注文された商人には五日内に少なくとも三十組は揃えよ、金子に糸目はつけるなという命が下されております」

「屋敷の奉公人になったおこまとは連絡がとれるようになっておろうな」

「名主の勢左衛門様の身元引受が効いたと申しましても、当座は外に出ることは難かしゅうございましょうが、こちらから出向けばおこまと会う手筈はできております」

「喜十郎、次に会ったとき、無理はするなと申し伝えよ」

と喜十郎に命じた。

「そう申し伝えます」

影二郎は、おみよに願って喜十郎に湯を使わせ、徹夜の探索の汗を流させた。

その後、二人して四合ほどの酒を酌み交わし夕餉を摂らせて早々に床に就かせた。

影二郎が夜明け前に起きたとき、隣部屋から喜十郎の鼾（いびき）が聞こえていた。

菱沼喜十郎はすでに密偵としては年を取り過ぎていた。本来なれば、おこまの産んだ子を腕に抱いて好々爺ぶりを発揮する年齢だった。だが、混沌として先の見えない時代が菱沼親子に平穏な暮らしをすることを許さなかった。

影二郎は喜十郎を起こすことなく、〈いろは〉の裏口からそっと鉢石の路地に出ようとした。するとあかが従ってきた。

「そなたが喜十郎の代わりに供をしてくれるか」

影二郎とあかは、門前町鉢石の旅籠〈いろは〉の裏路地から日光道中に出た。

まだ未明の闇が門前町を覆い、常夜灯が明かりを投げていた。

視線を転ずると前方に鬱蒼(うっそう)とした東照宮の森がかすかに見分けられ、荘厳な雰囲気を醸して、大谷川のせせらぎの音が響いていた。

神域への御成橋である神橋の朱塗りの橋を常夜灯の明かりが浮かび上がらせ、冷気の籠った靄が水面から立ち昇っていた。

影二郎はあかを欄干の傍らに残し、一人だけ神橋の橋板を踏んで進んだ。

着流しの身に一文字笠に南蛮外衣、いつもの装いだ。

石動万朔が二番手の奨金稼ぎを送り込んでくるかどうか、その保証はない。こちらからの一方的な誘いだ。

四半刻が過ぎて、東照宮の宿房や奥宮(おくみや)ではすでに一日が始まった気配があった。

影二郎は妖気に包まれた感じがした。

ひょっひょっろろ

と笙の調べが神橋に響いた。

影二郎は南蛮外衣を脱ぐと左の肩に掛けた。

笙の音に続いて、

こんこんこんちきち

と鉦が加わった。

白丁烏帽子に薙刀を構えた内舎人の姿が大谷川を見下ろす崖の上、杉林の闇におぼろに浮かんだ。

なんと石動が奨金稼ぎに選んだ二番手は例幣使先遣御方の内舎人だった。

「そなたとは鹿沼宿外れの御成橋で一度会うたな」

「いかにも会うた」

「朝廷の名を騙り、阿漕な金集めをして存分に懐は温もっておろう。その上、夏目影二郎の首に懸かった五百両も所望か」

「われら、一度として帝の名を騙ったことはない。麻比奈君麻呂様は第十代輪王寺宮舜仁法親王の許しを得て日光入りしたものじゃぞ」

徳川家康の霊を祀る東照宮には幕藩体制を護持する、

「聖地」

としての意味が重要視された。そこで慈眼大師天海は幕府を確固としたものにするために、死の床で遺志として秘策を残した。

それは死後、承応三年（一六五四）に後水尾天皇の第三皇子の守澄法親王を日光山と東叡山の貫主として迎えることで達せられた。

翌年、守澄法親王は天台座主に任じられ、朝廷から、

「輪王寺宮」

の称号を得た。

以後、江戸期を通じて法親王が輪王寺宮として比叡山延暦寺にあって天台宗を統括する天台座主であり、東叡山、日光山、比叡山の三山を兼帯し、俗に、

「三山管領宮」

と呼ばれることになる。が、日光にあっては、輪王寺宮が幕府と朝廷、公武をつなぐ聖職者の意味を持っていた。

麻比奈君麻呂は第十代舜仁法親王の招きを受けて日光にきたというのだ。ということは、先遣御方は正使日光例幣使に先立ち、朝廷の遣わしたものということ

になる。

「法親王様の招きなれば、なぜ輪王寺に入らぬ」

「入るには入る手順がごじゃってな」

と影二郎の問いに答えた内舎人が、

「八州殺し夏目影二郎、いささかそなたが目障りになった」

「関東取締出役風情の役人に唆(そそのか)されて京の人間が案ずることではない。朝廷のお役を大事に務めよ」

白丁烏帽子が大きな袖を翻して杉林の崖上から神橋に向かって飛んだ。

ふわり

と音もなく神橋の橋板に降り立った内舎人が、

「京薙刀雅(みやび)流賀茂川(かもがわ)流しを食ろうて死にやれ」

と宣告した。

「内舎人、そなた、名はあるか」

「ほっほっほ」

と内舎人が笑った。

「草擂権之兵衛(くさずりごんのひょうえ)」

「ご大層な名じゃが、戒名にはうってつけかもしれぬ」

「おのれ、言わせておけば」

草擂が薙刀を頭上でくるくると回した。

その時、影二郎は草擂がいた崖の上の杉林に御厨の留太郎の姿を認めた。

「留太郎、傷はまだ痛むか」

「許せぬ、八州狩りめ」

影二郎の眼前に立つ草擂が薙刀を回しながら、橋板にひょいと寝そべった。

影二郎の注意はつい草擂と留太郎に分散された。

次の瞬間、闘争者夏目影二郎の防衛本能が働いていた。左肩にかけた南蛮外衣を引き抜いた。

同時に弓弦の音が重なり合って響き、崖上の杉林のあちこちから箭が射かけられて影二郎に向かって複数の箭が飛来した。

時間差をつけ、十人を超える弓方はだれも手練れとみえて影二郎目がけて襲いかかった。

影二郎は手首を無意識の裡に捻り上げていた。するとそれまで動きを止めていた南蛮外衣が力を得て、神橋の上に黒と猩々緋の大輪の花を咲かせて、飛んでくる箭の束を包めとり、叩き落とした。

瞬時の反応で瞬時の技だった。

「死ね！」

御厨の留太郎が鉤縄を片手で操ると、南蛮外衣を操ることに専念する影二郎に三本爪の鉤を飛ばそうとした。

再び神橋に弓箭の音が響いた。

影二郎の背の方角からだ。

大谷川の流れから立ち昇る靄を散らした箭は、崖上に立つ御厨の留太郎の胸に、
ぶすり
と突き立つと箭尻は背に抜けた。

「あああ」

影二郎に投げようとした三本爪の鉤があらぬ方向に飛んで留太郎の体をひっぱり、箭の衝撃と一緒になって崖下へと転落させた。

「菱沼喜十郎、道雪派の腕前衰えておらぬな」

と後ろを振り返りもせず影二郎が礼を述べた。

「お一人で刺客退治とは、喜十郎いささか不満にございます」

「そなたの手を借りるまでもないと考えた。じゃが、京の人間、あれこれと策しおるわ。助かった」

「それがしが敵の弓方なればどうなされましたな」

「あかが黙っておるものか。そなたゆえ、あかは吠えもせずいたのよ」

「いかにもさようでしたな」

影二郎は背の喜十郎と会話を交わしながら、橋板に寝転んだ草摺権之兵衛の動きを見守っていた。

「草摺、前座芝居は終わりか」

「ほっほっほ」

と笑った内舎人の体が起き上がろうともせず神橋の上を、

ごろりごろり

と薙刀を回転させながら自らも回転し始めた。

二つの回転で弾みがついたように草摺の薙刀と一体化した動きは一気に早さを増した。

ついには白丁の袖や裾がひと塊りになって翻り、薙刀の刃がきらきらと閃いて、橋の上を縦横無尽に移動した。

人間と薙刀の回転体は神橋の上を不規則に転がりながら、不意に薙刀の刃が影二郎の足を薙ぐように伸ばされた。

影二郎は両手に南蛮外衣をつかんで薙刀の刃の前に垂らして動かし、わが実体そのものを隠した。ために草擂の薙刀は影二郎の体に届くことはなかった。

「前座芝居のあとは猿芝居か」

草擂の回転体が、

ふわり

と浮かんで立ち上がり、今度は立ったまま独楽(こま)のように回転しつつ影二郎に薙刀を突き出した。両手が自在に利くようになって薙刀の刃の攻撃範囲が一段と広がった。

変幻した反りの強い刃が影二郎の喉元を襲おうとした。

影二郎は片手につかみ直した南蛮外衣の重さを利して、

ばさり

と薙刀の千段巻(せんだんまき)に南蛮外衣を叩きつけて巻きつかせ、刃の動きを止めると外衣を手放した。

次の瞬間、放した手で法城寺佐常を抜き上げた。

草擂が薙刀の千段巻から南蛮外衣を振り落として軽さを取り戻した薙刀を回転させせつつ影二郎の肩口に袈裟掛けに斬り下ろそうとした。

影二郎もまた踏み込みざまに抜き上げた先反佐常を草擂権之兵衛の胴へと送りこんでいた。

袈裟斬りと胴斬り。

薙刀と薙刀を二尺五寸三分のところで刀に鍛え直した佐常、二つの薙刀拵えの刃が生死の境で交錯した。

一瞬早く刃が相手の体に届いたのは踏み込んで刃を鋭く振り抜いた影二郎の佐常だった。

反りの強い切っ先に草擂の体が乗せられて高々と虚空に舞い上がり、

「ああうっ」

という絶叫を残すと欄干を大きく超えて、大谷川の流れへと落下していった。

神橋に静寂が戻った。

影二郎は佐常に血振りをすると鞘にそろりと納めた。

「石動万朔に伝える。三番手の奨金稼ぎ、ちと骨がある者を寄越せ。日時はこれより二日後、丑三つの刻限、場所は日光山輪王寺三仏堂前といたす。聞こえたな」

答えはない。

ただ大谷川のせせらぎだけが響いていた。だが、影二郎は東照権現の杉木立ちの中で影二郎の言葉を聞く者の舌打ちを感じ取っていた。

「石動、今一つ申し伝えておく。それがし、三番手の奨金稼ぎを討ち果たした後、そなたの始末に走る。それが八州狩りのそれがしの本来の務めゆえな。覚悟して待て」

影二郎の宣告の声が消えると朝の光が日光に射し込み、大谷川から立ち昇る靄も霧散して消えた。

四半刻後、日光山の東の森へ向かう道に影二郎と喜十郎、あかの姿があった。おこまが女衆として入り込んだ八州屋敷を朝の光の中で見てみようという魂胆からだ。

「影二郎様、例幣使先遣御方の内舎人、草擂権之兵衛を斬ったことで朝廷をも敵に回しましたぞ」

「さあてそれはどうか」

影二郎の返事であった。

「麻比奈なる先遣御方、石動万朔らとつるんでなにを画策しておるかによろう。われらが身に吹く風の強さはな」

「どういう意にございますか」

「だれが上様暗殺の噂を流し、真実日光御社参に暗殺を強行しようとしておるか、喜十郎、噂を流す当人とその真偽をつかむことが、われらの命をつなぐ方策である」

「調べよと命じられますか」

「すでにおこまが、そのきっかけをつかんでおるやもしれぬ」

日光山東の斜面に山門が姿を見せた。

「これがかつて二荒山の百兵衛が賭場に使っておった慈光寺の門か。おれの記憶とは程遠いわ」

手入れは最近行われたと見えて腕のある大工や左官や庭師が関わっていた。

「だいぶ凝った手入れがされておりますな、この修理費も四、五百両ではききますまい」

「御社参の宿泊所として使われるだけかどうか」

と影二郎が応じたとき、屋敷の中から、

「ほっほっほ」

という笑い声が響いて、六、七歳の童が山門の向こうに姿を見せて、

「夏目影二郎様にございますな」

と問うた。

「いかにも夏目じゃが」

「麻比奈君麻呂様がお招きにございます」

と甲高い声で招じた。

第五章　蹴鞠(けまり)の演者

一

　影二郎と喜十郎が通されたのは、その昔荒れ寺だった慈光寺の広大な庭だった。百兵衛が賭場に使っていた折りは、庭も荒れ果て草木が伸び放題に見えたが、泉水を中心に近江八景(おうみはっけい)を模した庭園に改装されて、荒れ寺の名残はどこにも見ることはできない。

　本堂の前は白い砂利が敷かれて、蹴鞠の稽古場、鞠庭になっており、七人の蹴鞠装束の者たちが二枚の鹿革を内表に細長い馬革で縫い合わせた鞠を雅びにも蹴り合って遊んでいた。

　影二郎らは初めて接する典雅な鞠遊びに目を奪われるように見入った。

蹴鞠にはそれ専用の装束があった。

薄い羅か紗を用いた、俗にいう鞠水干を着用し、菊綴に露革を施した葛布の指貫を穿き、沓は堂上家と地下家では異なり、外で行う地下沓を履いていた。

装束も身分や技の上達具合で異なり、地下では初入門の者は、

「絹綟上」

と呼ばれる糸紐白葛袴に藍白地革鴨沓のなりで、技が上達すると浅黄袴が許された。

一人だけ女性のようなしなやかな体付きの蹴鞠演者は本紫下濃葛袴を身につけて、孔雀摺箔上を艶やかにひらひらとさせながら、蹴鞠を楽しんでいた。

麻比奈君麻呂がこの者らしいと推測した影二郎は、五体をまるで朝の空気に同化させたような軽やかな蹴り技の妙技に見とれていた。

付き人の一人が沓先で蹴った鞠が輪をそれて、影二郎の元へと飛んできた。

影二郎は思わず足先で蹴ってみた。

予想外に軽い鞠は輪の上に高々と舞い上がり、弧を描くと麻比奈の背後に落ちようとした。

無音の気合が空気を震わせ、麻比奈の体が地上から飛ぶと虚空で前転して足先

で輪の外にそれようとした鞠を、

ふわり

と蹴り返した。すると鞠が輪の演者の一人の前に戻った。

麻比奈の体が玉砂利に音もなく着地すると、影二郎に向かい、

「そなたには蹴鞠の才がおじゃる」

と言った。しなやかな体の持ち主は声まで女のように甲高かった。

「先遣御方とは身分が違います。鞠を蹴る才があったとて同じ空気は吸えませぬ」

「なに、京者と同じ空気は吸えぬと言いやるか」

鞠仲間の一人が縁側に置かれた鞠扇をささげ持つと麻比奈に手渡した。

ぱちん

と煮黒色（にぐろめ）に塗られた骨が広げられると、扇地は金箔張りで梶（かじ）の一枝に蹴鞠がからまる様子が描かれていた。

これを枝鞠（えだまり）といい、蹴鞠を始める前にささげ持ち、鞠庭の真ん中で祈念した後、鞠を解き放って遊戯を始めるのだ。

麻比奈の手に鞠扇が戻ったということは蹴鞠が終わったということか。

「いえ、東国者は武骨と申しておるのでございます」

「京者はあれこれと策を弄するじゃによってのう、そなたには目ざわりかもしれぬな」

麻比奈君麻呂が鞠扇で口元を隠して笑った。

「日光社参例幣使に先遣御方なるご一行が遣わされた前例は知らぬと土地の古老が申しておりますが、この件いかが」

「夏目、そなたも承知、今年は六十七年ぶりの公方様日光詣での年におじゃる。よって朝廷の遣わされる例幣使行列も格別、帝の綸旨を持参いたすによって、麿ら、先遣御方が発遣されたのじゃ」

「いかにも今年は久方ぶりに将軍様の御社参が挙行されます。ために関八州に有象無象が入りこんであれこれと策動しております。麻比奈様も身辺にご注意下され」

「夏目、ありがたい忠告かな。それにしても策動とはなんぞやな」

「恐れ多くも将軍暗殺の風聞がしきりに飛び交いまして、いささか不穏な情勢にございましてな」

「麿も聞いた。国定忠治とか申すやくざ者が公方様のお命を狙っておると聞いたが、そのようなことは万が一にも起こるまいのう」

「麻比奈様、幕藩体制がいかに揺らいでいるとは申せ、三百諸侯旗本八万騎と日頃から豪語する者どもが随身する行列に、落ち目の忠治独りでなんの仕掛けができましょうぞ。第一、忠治は出羽国角館にて鉄砲玉を食ろうて死んでおります」

「その忠治の骸を検分したのはそなたじゃそうな」

「よう東国の事情をご存じだ。それがしが検分したのは炎に焼かれた骸にございました。ともあれ忠治が生きていようと死んでいようと、関八州の人間は忠治の名に救いを求めてこれからもその名に縋っていくことにございましょう。ですが、忠治が公方様の御身に手をかけることなど万が一にもありえませぬ」

と影二郎が言い切った。

「公方様暗殺など噂に過ぎぬと言われるか」

「いえ、麻比奈様、どうやら忠治に公方様暗殺の咎を負わせる企てが着々と進行しておるようにそれがしには思えます」

「ほう、そのような大それたことがのう」

「このような企て、よほどの者どもが額を集めぬとできぬ相談にございますよ」

「で、あろうな」

と応じた麻比奈が、

「夏目、そなたの父は天保の改革を推し進められる老中水野様と親しい大目付常磐秀信どのじゃそうな。こたびの日光出張(でば)りは、新たなる関東取締出役の始末におじゃるか」

「大目付筆頭は、公方様の代理として大名諸家を監督する立場にございます。同時に道中奉行兼帯にござれば、五街道をも監督いたします。上様の日光御社参を前に五街道に流れる噂の一つひとつを潰していくのがそれがしの御用にございます」

と影二郎は言い切った。

「八州殺しがそなたの仕事かと思うたが、反対に首に五百両もの奨金が懸けられたりと、なかなかの多忙な身におじゃるな」

麻比奈君麻呂がおちゃらかす口調で応じた。

「それでなんぞ手がかりはついたかな」

「関東取締出役の中にいささか目ざわりな者がおりまする。そやつ、石動万朔なる者を始末するのが、それがしの務めかと存じます。その辺を突けば、藪(やぶ)から公方様の暗殺を企てる者どもが必ずや姿を現わしましょうでな」

影二郎が言い切った。

「石動万朔」

と麻比奈が呟いた。

「おお、そうでした、麻比奈様とは親しき八州廻りにございましたな。余り軽々しく御側に近づけぬほうが例幣使先遣御方のおためかと存ずる」

「夏目、聞きおく」

「それが宜しゅうございまする」

と応じた影二郎と喜十郎は鞠庭から山門へ向かおうと踵を返した。

「夏目、そなたの首、麿が落としても五百両の奨金が貰えるか」

麻比奈の冗談に影二郎が振り返った。

「麻比奈様、勧進元の日光御社参振興会座頭に問い合わせあれ。それがしは首に金が懸けられた粗忽者に過ぎませぬ」

「麿は勧進元を知らぬでな、尋ねた」

「盟友の石動万朔は承知にござろう」

と答えた影二郎は、

「おお、忘れるところにござった。まだ、二、三、麻比奈様に言い残したことがあったわ」

「言い残したこととな」

「麻比奈様が鹿沼宿外れの御成橋で会われた御厨の留太郎なる石動万朔の道案内、それがしが始末し申した」

「八州殺しのそなたにとって街道のごみ掃除におじゃるな」

「留太郎など知らぬと申されるか」

「覚えがないのう」

麻比奈がとぼけた。

「御成橋で烏帽子をかぶり、柳行李を届けた男が留太郎にございますよ」

「おお、あの使いか」

「麻比奈様、柳行李の中身はなんでございますな。留太郎は書状と思えたと申しておりましたがな」

「さてなんであったか、麿がよう覚えておらぬところを見ると取るに足らぬ訴えの類であったかのう」

「例幣使先遣御方にはさような訴えがままございますので」

「金の幣は疫病除けやら、時に万病に効くと申して煎じて服用する者もおじゃるでな、あらゆる訴えが行列の供先に立ち塞がりおる」

麻比奈は平然と影二郎の問いをかわした。

「それがしが柳行李の中身を占うてみましょうか」

「八州殺しは占いもやるか」

「大かた狐狸妖怪どもの認めた連判状の類か、未だ麻比奈様の手元にございますれば命取りになる代物にございますぞ」

「夏目影二郎、知らぬと申した」

ふうっ

と一つ息を吐いた影二郎の口調が、

「麻比奈君麻呂、じょうふ様とはどなたか、答える気はないか」

と険しくも一転し、能面のように装われた麻比奈君麻呂の表情が崩れ、動揺が一瞬走ったが、

「ほっほっほ、なにやら唐人の寝言のような話」

と余裕を見せるように笑いに誤魔化した。

「どうやらそなたらの黒幕はじょうふ様か」

「八州殺し夏目影二郎、あまり役職外に首を突っ込むとそなただけではのうて、

父御の常磐秀信どのも死ぬることになる」

「父の役掌をそなたに申さなかったか。大目付筆頭は大名諸家の監督とな」

麻比奈がぎりぎりと歯ぎしりした。

「最後に伝えておく。石動が放った奨金稼ぎ二人まで斃した。そうそう、今朝方の奨金稼ぎに姿を見せたはそなたの内舎人、薙刀遣いの草擂権之兵衛と申す者であったわ。麻比奈君麻呂、それがしが始末いたし、大谷川の魚の餌にした。さよう心得よ」

「麿が与り知らぬこと」

麻比奈が呟くように応じた。最前の、

「じょうふ」

を知られた動揺が未だ残っているように思えた。

「それは重畳かな」

影二郎と喜十郎の二人は八州屋敷と里人に呼ばれるようになった元慈光寺の山門を出た。

「荒れ寺にここまで手を入れた費用は生半可な額ではないぞ。金主がたれぞ調べられぬか」

「この作事をした棟梁は土地の者ではないと聞いております。ですが、一部の大工ら職人は日光領内の者、この者たちを調べてみます。しばし時間を貸して下され」

二人が杉木立ちの道に戻ってきたとき、杉木立ちの幹元の笹藪ががさがさと動いてあかが姿を見せた。

「あか、どこに行っておった。公家の遊ぶ蹴鞠は嫌いか」

影二郎の言葉を理解したように笹藪から影二郎らが足を止めた道に飛び降りたあかが、

うおううおう

と甘えたように吠え声を上げた。すると忠犬の首輪に文が巻き付けてあるのを影二郎は気付かされた。

あかの首輪は、若菜が麻縄に何枚かの端切れを巻いて彩りよく縫い合わせたものだった。その首輪に文が結ばれていた。

「あか、おこまと出会うたようだな」

「老体に鞭うってそれがしが八州屋敷に潜り込むこともないか。これからもおこまとの連絡、おまえが務めてくれよ」

喜十郎があかの行動を認めて頭を撫でた。

「なにやらじょうふの正体が知れたような」

とおこまの文を読み下した影二郎が喜十郎におこまが走り書きした文を渡した。

喜十郎があかを撫でるためにしゃがんだ姿勢から立ち上がり、杉木立ちを透して射し込む光で文面を読んだ。

〈屋敷離れに御三家水戸様の家老戸田忠太夫様御遣いの蘭学者青村清譚様がひそかに滞在しておられます。取り急ぎお知らせ申します〉

「ほう、それはそれは。じょうふとは定府様のことにございましたか」

と呟く喜十郎の顔に得心の表情が見えた。

水戸家は御三家の中で一番禄高が低く、官位も尾張、紀伊に比べて一段低い権中納言に抑えられていた。その一方、幕政諮問に応ずる役目がありとの名目で手伝い普請は免除され、参勤交代をせず、江戸に定住する定府制が許されていた。

それは幕藩体制の根幹たる御三家間の均衡をとるものに過ぎなかったが、水戸では定府制を、

「天下のご意見番」

ゆえと勝手に解釈し、自ら位置付けてきた。

定府様とは代々の水戸藩主をさす。

影二郎にとっても文政十二年（一八二九）から藩主の地位に就いている徳川斉昭は、馴染みの名であった。

天保七年の夏に始まった八州狩りの旅でも翌年の正月、水戸城下を訪れ、斉昭に重用される藤田東湖と知り合っていた。

国内外が騒然とする天保期、斉昭自らも天保の改革を藩内で推し進め、北地開拓のためと称して幕府に大船建造の願いを出したり、那珂湊に砲台を築いたりして外国列強勢力への警戒を強めていた。

これらの策は決して幕閣に好意的に受け入れられたとは言えず、却って幕府から忌諱されていた。

この折り、水戸城下で長期政権の弊害を憂える水戸の斉昭は、次の将軍職にわが子をと画策した。だが、その野望も影二郎が水戸を訪れた天保八年の四月、家斉が次男の家慶に将軍位を譲り、西ノ丸に隠棲して院政を敷いたことで潰えた。

その斉昭の家老戸田の遣いが日光にひそかに滞在しているとは、どのような意か。

「上様暗殺を企てる首謀者に水戸家が関わっておるということにございましょう

か。またぞろ水戸様の野心が頭をもたげてきたということにございましょうか」

「家老戸田の遣いではなんとも申せぬ。じゃが、こたびの暗殺の噂が真実とするなれば、黒幕は水戸の可能性が高かろう。下野大名の中には水戸家に与するものもあるやもしれぬ」

「影二郎様、水戸家と朝廷がひそかに手を握ったとなると、下野大名ばかりか西国大名の中にもこの企てに乗る大名家が出ないとも限りませんぞ」

日光社参には三百諸侯、直参旗本が随行する。将軍家慶の警固が行列参加の重要事である以上、各大名家の行列は軍装である。鉄砲、弓、槍を備えた何家かが水戸家の企みに加担したとしたら、

「公方暗殺」

の可能性は大いに高くなる。

「厄介な話よ」

「影二郎様、当然のことながら奨金狩りの勧進元も水戸家が後ろ盾にございますぞ。すべては忠治に罪をおっかぶせ、影二郎様の首にまで大金を懸けて関八州の事情をわざと錯綜と混乱に陥らせ、その最中に日光御社参をなされる上様を亡き者にしようという企てにございますな」

「そう絵に描いた餅を腹黒い連中に食わせてたまるか」

「どうしたもので」

影二郎はしばし杉木立ちの間の道で思案した。

そのとき、ふわっとした殺気が影二郎と喜十郎の周りに立ち込めた。そのことに最初に気付いたのはあかで、あかがさあっと杉木立ちの幹元に生える笹藪に身を隠した。

喜十郎は手にした弓に箭を番えた。

影二郎は肩にかけた南蛮外衣の襟に片手をかけた。

ぽーん
と蹴鞠を地下沓で蹴る音があちらこちらから響いた。

「喜十郎、伏せていよ」

と命じた影二郎は杉木立ちの間から飛んでくる黒と白の蹴鞠を見た。

影二郎の南蛮外衣が虚空に翻り、黒羅紗と猩々緋の長衣が杉木立ちに旋風を巻き起こした。

飛来する蹴鞠は南蛮外衣が巻き起こした旋風に煽られて、吹き戻された蹴鞠が蹴られた杉木立ちの間へと返っていった。

姿を見せた一同の口から悲鳴が上がった。

黒色の蹴鞠が杉の枝に当たった。

その瞬間、閃光が走って蹴鞠に詰められていた火薬が爆発し、その下に隠れていた蹴り手を襲った。さらに次々に蹴鞠が杉木立ちの中で爆発して、蹴り手を何人か負傷させた様子があった。

「雉も鳴かずば撃たれまいに」

影二郎が呟くと、

「喜十郎、いつまで玉砂利の上で寝そべっておる、参るぞ」

と言いかけると歩き出していた。すると杉木立ちの笹藪に潜んでいたあかが飛び出してきて、主に従った。

二

東照権現の森を出た影二郎と喜十郎は、稲荷川の流れのそばに、酒も呑ませればめしも食べさせる店〈いなり屋〉の幟を見た。

流れは雲竜渓谷が水源で、日光宿で大谷川と合流し、さらには鬼怒川へ呑みこまれる。

「喜十郎、朝早くから京者と付き合うて喉が渇いたわ。蕎麦を菜（つまみ）に酒など呑まぬか」

「悪くはございませんな」

流れを見下ろすように囲炉裏が切り込まれた板張りの床に上がり、差し向かいに腰を下ろした。

「この犬はおまえさま方の連れかね」

「姐さん、人には慣れておるで迷惑はかけぬ」

「そうではない、犬を連れた浪人さんは珍しいでな」

「犬にもなんぞ食わしてくれぬか」

あかは自分のことが話されていると聞き耳を立てる。

「賢そうな顔をしているよ。名はなんだね」

と中年の女があかを褒めて訊いた。

「利根川河原で拾うたとき、赤毛が愛らしい子犬であったでな、あかと名付けた」

「やはり旦那の名は夏目影二郎様か、手配が回ってきているだよ。主従して八州廻りか火付盗賊改がうろうろする日光で呑気に酒なんぞ食らって大丈夫かねえ」

と影二郎の身を案じた。

「火盗改も入っておるか」

「ああ、江戸から悪人を追って火付盗賊改も入れば町奉行所の同心もうろついておるだ」

火付盗賊改は元々御先手御弓頭、御先手御鉄砲頭が加役として臨時に勤めた。ために古くは町奉行配下の火付盗賊改役だったが、幾たびかの改編の後、内外が騒然とした天保期、町奉行所に対抗する凶悪犯罪を撲滅する機動隊的な組織に改められた。

その働きは苛酷を極め、処断も早かった。町奉行所のような手続きを徹底的に省いて現場主義で一気に処断した。ために悪人には関東取締出役以上に恐れられていた。

将軍が日光に社参する格別な年などは召捕方・廻方と呼ばれる与力と同心が府内のみではなく、江戸近在を巡廻して放火、盗賊、博奕を取り締まった。

また目明や道案内を利して関八州を廻村しながら犯罪を摘発することが多く

なり、関東取締出役との職務の区別があいまいになっていた。

それは下野玉村宿の廻村賄い数が明白に示していた。

八州廻りが玉村に巡ってきたことを示す賄いの記録では関東取締出役より火付盗賊改が多く賄い飯を食べた、つまりは廻村数が多いと記録されていた。

「まあ、なんにしても慌てたところでどうなるものでもあるまい。まずは酒を頂戴しようか」

「酒の菜はまだ早いでな、古漬物か、しもつかれしかねえ」

「稲荷川の岸辺でしもつかれを菜に酒を呑むのも一興かな」

しもつかれは元々正月に残った鮭や雪の下で年を越した大根、節分で余った豆を使い、何度も煮返して食べる保存食だが、天明期の飢饉の折りに工夫され、稲荷社に供えたのが始まりとされる。しもつかれと稲荷は縁が深かった。

影二郎と喜十郎がしもつかれを嘗め嘗め、酒を呑んでいると稲荷川の上流から三度笠に道中合羽の旅人が姿を見せて、ちらりと影二郎らが酒を呑む様子を覗き込み、

「おや」

という顔をしてすたすたと入ってきた。

三度笠も道中合羽も朝露に濡れていた。

どこか峠道を越えて日光に入ってきた様子だ。

三度笠の下は手拭いで顔の下半分を覆っていた。寒さを避けるためか、顔を隠すためか。

三度笠を脱ぎ、手拭いをとった顔は蝮の幸助だった。機屋の隠居から渡世人の姿に戻る理由が生じたか。

「南蛮の旦那方は昼前だというのに酒かえ、呑気でいいな」

「この店の姐さんにも同じことを言われたがねえ、呑気かどうか、なんとも応えようがない。朝っぱらから例幣使先遣御方なる京者なんぞと刃を交えたり、蹴鞠を見物させられたりしてみよ、酒を呑みたくもなる」

「麻比奈君麻呂一行となんぞあったか」

「内舎人が石動万朔の二番手の奨金稼ぎに志願したか、参りおったわ」

影二郎が朝からの行動を簡単に告げた。

話を聞きながら幸助が草鞋を脱いで囲炉裏端に腰を下ろすと悴んだ手を翳した。そこへ姐さんが燗をした酒を運んできた。

「おや、急に一人増えたよ」

と幸助の顔を覗き、

「蝮の這い出る季節にはちと早いがのう」

と呟いた。

喜十郎が自分の器を、寒さに抗して山を下ってきた幸助に回して酒を注ぎ、

「まず体を温めよ」

と勧めた。

「菱沼の旦那、遠慮なく頂戴する」

熱燗の酒をくいっと一息に呑み干した幸助が、

「ふうっ、生き返ったぜ。やっぱり馴染みの面々と心置きなく呑む酒はいいや」

「山になんぞ用事か」

と影二郎が訊くと、幸助が見返した。

「会津境の奥鬼怒山中に一軒の破れ寺があると思いねえ、そこを訪ねた」

「忠治が潜んでおったか」

蝮の幸助が、いやや、と顔を横に振った。

「一人の坊主が若い大黒(だいこく)と赤子を連れて昔の仲間の菩提(ぼだい)を弔っていたのに会っただけだ」

幸助が遠回しに忠治に会ったことを告げた。

「ほう、それはまた奇特な」

「弔う仲間はいくらもいるでな」

と答えた幸助の言葉が寂しげに囲炉裏端に響く。

「坊主からなんぞ話は聞けたか」

「夏目の旦那、奥州道中の山の湯での話、約束はしかと守られていると言ってなさったがね」

「忠治は、おっとその坊主は四月の御社参が済むまで山を下ってくる気はないのだな」

「いつまで山寺で回向(えこう)を続けられるか分からないが、八州廻りが身に迫ったときは縄張りの外に逃げるそうだぜ。万が一の時は身を処する覚悟はあると坊さんは明言なさったぜ」

「公方殺しの企ての張本人に国定忠治の名が上がっていることについて、坊主はどう申していた」

「悔しいが往年の力は忠治にはないとよ、そう坊さんが言ったっけ。南蛮の旦那、坊主頭に毛なんぞ一本も生えてなかったよ。毎朝大黒さんが剃刀(かみそり)で剃(そ)るんだとよ。

菩提心を忘れないためにな」

「蝮、ご苦労だった」

と影二郎が労い、酒器に新しい酒を注いだ。

幸助は影二郎と喜十郎が猪口を手にするのを待って注がれた酒を口に含んだ。

「例幣使街道に怪しげな京の公家なんぞが先遣御方と称して入り込んでいることをよ、炉辺の四方山話にするとよ。社参の年は得体の知れぬ人間が関八州に入り込んでくるものだと笑っていたぜ」

「ほう、若い大黒さんと子連れの坊主がな」

「南蛮の旦那、山寺で仲間の回向をする坊さんのこった、情報が精確かどうか知らないがと前置きして、おれに語り聞かせたことがある……」

影二郎が蝮の幸助を見た。

「幸助、昔馴染みに伝えてくれ。公方様暗殺話、ただのよたじゃねえ。天保八年の失敗を踏まえて下野大名、京者、知行所を持つ旗本の間に回状が出ているのは確かだ。天保の改革が捗らない水野老中が公方様のお膝元、関八州に手を突っ込んだ。上知令だ。こいつは火中の栗を拾うどころの話じゃねえ。日光御社参の勢いを駆って関八州の田地田畑をすべて幕府の実入りにしようという話だ。関八州の大名、知行所をもつ旗本どもの死活問題だ。この上知令がこたびの公方様暗殺の企ての大因だとな」

「妖怪の仕業かな」

と幸助が訊き返した。

「いや、妖怪どのは天保の改革のきめてとして最初取り上げる気であったようだが、途中からこいつの危険に気がついて考えを変えたそうだぜ。鳥居は今や上知令に反対しておる。水野に必死の献策をしておるのは、元関東代官として関八州をよく知る羽倉外記だ、蝮」

「親分、いやさ、坊さん、羽倉様はなぜ幕府の首を絞めかねないこの策を水野様に勧める」

「羽倉外記め、関八州をよく知る元代官様でありながら、細部を見て大局を見落としていたということよ」

「それでも老中水野様がその献策に乗っかろうという話だな」

「水野は八方塞がりで打つ手がねえ。だから、膝元に火種を撒き散らす策に乗ったんだ」

と答えた忠治坊主が、

「幸助、南蛮の旦那に伝えろ。この上知令をつぶすために公方様の日光社参を前によからぬことを画策している連中がいるとな」

「所領地を持つ下野大名、旗本に京の連中だな」

「その黒幕はいつまでも同じ夢を見続けている常陸の殿様だぜ」

と坊主頭をぴしゃりと忠治が叩き、

「日光御社参の本式な警固網ができる前に異国から渡来した連発銃千挺と大量の銃弾が日光に運び込まれる話がある。蝮、こいつは利根川河口、銚子(ちょうし)沖に碇を下ろした亜米利加国の捕鯨帆船ジャクソン号なる船から水戸に渡されたものだ。鉄砲の先に短剣を付けた連発式騎兵銃千挺と大量の銃弾だ。これらがいつ、どこの街道を通って日光に運び込まれてくるか、公方様の暗殺の企ての成否を握る鍵だ。こんなことは、落ち目の渡世人にできる話じゃねえよ」

「なんと」

「と思うだろうが、蝮」

坊主頭の忠治の話はぼそぼそといつまでも続いた。

囲炉裏端の蝮の話が終わった。

影二郎も喜十郎も家慶暗殺計画が現実味を帯びて着実に進行していることを山寺に潜む国定忠治の伝言で知らされ、肝を冷やした。

忠治の腹心、日光の円蔵は関東取締出役の中山誠一郎らに捕縛されて、断罪され、今やこの世の人ではなかった。だが、円蔵が作り上げた関八州の闇に張り巡らされた情報網は、かろうじて機能し、忠治を生きながらえさせていた。と、同時に関八州に流される情報の真偽を伝えていた。

「幸助、山寺に長居は剣呑かもしれねえぜ」

と話を聞いた影二郎は忠治の身を危惧した。その言葉に大きく首肯した幸助が、

「南蛮の旦那の動き次第では親分、山寺を早々に捨てる覚悟だと言っていなさったぜ」

忠治は山中の破れ寺にあって下界のことを見通していた。

分かった、と影二郎が自分に言い聞かせるようにうなずいた。

「やはり黒幕は水戸様にございましたか」

喜十郎の声が低声になって囲炉裏端に流れた。

「人間お迎えが近くなると妄執（もうしゅう）にとらわるるか。水戸斉昭様は権中納言、それに

比べて尾張様は権大納言、紀伊は大納言だ。水戸は官位が一段低い劣等感に常に悩まされてきた」

「どうしたもので」

喜十郎が影二郎に今後の探索について訊いた。

もはや夏目影二郎ら影始末の者の権限を超えた権力闘争だ。むろん大目付常磐秀信の手にも負えない話であった。

老中水野忠邦の天保の改革の頓挫に拍車をかけようというのが上知令だ。それだけに推進派の水野忠邦と反対派の水戸派の間に非情な暗闘が繰り返されるのは目に見えていた。

「関八州が戦場になって困るのはいつも民百姓よ」

「いかにも」

「水戸家がいつどこで大量の鉄砲をこの日光に運びこむつもりか、なんとしても阻止せねばなるまいて。この連発銃千挺が、忠治がいなくなって歯止めが利かなくなり、有象無象ばかりになった渡世人らの手に渡ってみよ。日光御社参どころか、関八州じゅうが血に染まるわ」

「それはなりませぬ」

影二郎とともに歩いてきた菱沼喜十郎が言い切った。

「蝮、上知令反対の連判状を取りまとめている者が石動万朔か、はたまた別の人物か。まずこの者の正体を突き止めてくれまいか」

と影二郎が願った。

「分かった」

「偽名を使っておるやもしれぬ。そなたには未だ日光の円蔵が残した情報網があろう」

しばし思案していた蝮の幸助が今一度分かったとうなずいた。

三人は無言の裡に酒を酌み交わし、朝餉と昼餉を兼ねためしを食すとまず菱沼喜十郎があかを連れて東照宮の森に戻っていった。おこまに情勢の変化を伝えるためだ。

「幸助、おれが見ておる。しばらく囲炉裏端で体を休めよ」

影二郎は女を呼ぶと茶代に一両を支払い、搔巻(かいまき)を借り受けた。

「旦那、恩にきるぜ」

「起きたらおれの使いをしてもらう。恩に感じることはない」

うなずいた幸助が囲炉裏端に搔巻をかけて横になったが、すぐに鼾が聞こえてきた。

影二郎は幸助が眠り込んだのを見届けて、茶を運んできた女から硯箱を借り受けた。

江戸にある常磐秀信に向けて日光社参を取り巻く関八州の錯綜した事態を記した。

この事を知れば父秀信の困惑が目に見えていた。だが、五街道を監督する大目付筆頭であれば知っておくべき事態であったし、命を賭して奉公に務めるのが直参旗本であった。

《……父上、最後になりましたが国定忠治が生存する風聞について記しておきます。関東取締出役石動万朔が会津西街道今市宿外れ、茶臼山の杣小屋を急襲して忠治とその一統と称する者たちを殺害致すところをそれがし確かに目撃致しました。この者、忠治の股肱の臣の日光の円蔵の従兄弟の島村の泉蔵とその仲間にございまして、忠治残党が関東取締出役相手に最後の抵抗を続けておる姿にございました。

向後も忠治と名乗る輩が関八州のあちらこちらに出没致しましょう。これは偏に幕政貧困がゆえ住人百姓衆が、忠治という幕府に抵抗する義賊、幻に救いを求めてのことに過ぎませぬ。忠治が生きていようと死んでいようと、これからも第二、第三の忠治が出て参ります。ですが、もはや上様の日光御社参を国定忠治とその残党が害するなど全く考えられません。以上重ねて付記しておきます》

長い文になった。

秀信の手に渡ったとしても、この内容をだれに告げることもできなかった。まして秀信を庇護してきた水野忠邦には、絶対に知られてはならない内容でもあった。

（父上はどう行動なされるか）

影二郎は秀信に秘事を要する連絡をするときには、浅草弾左衛門に自ら出向いて相談し、返書を預けることを願っていた。この方策、天保七年の折りにも一度使って秀信と書信を往来させていた。

秀信は大目付筆頭として五街道を監督した。

だが、関八州にはその他に闇の五街道を差配する者がいた。長吏、座頭、猿楽、陰陽師など二十九職を束ねる浅草弾左衛門だ。この支配下にはまともに旅籠に泊まれない門付け、遊芸人、石工などがいた。これらの旅人に対して宿の外れの河原などに、

「流れ宿」

と称する小屋があった。この流れ宿を泊まり歩く者たちの手で江戸に確実に文を届けることができた。

蝮の幸助は一刻半ほど熟睡した。

掻巻をごそごそさせて、そこがどこなのか最初は分からぬ様子ですぐに掻巻から顔を出そうとはしなかったが、

「幸助、少しは眠れたか」

という影二郎の声にほっとした表情で起き上がってきた。

「久しぶりになにもかも忘れて眠り込んだ」

「なによりだ」

「使いとはなんだえ」

「覚えていたか。父上に書状を送るが、この日光街道に得体が知れぬ狐狸妖怪がおっては飛脚便も危なくて使えぬ。今市宿の大谷川河原に流れ宿がある。昔、世話になったで、流れ宿の主が達者なれば覚えていよう。この者に書状を預ければ浅草新町の弾左衛門屋敷までは必ずや届く、飛脚賃に一両を預ける」

と幸助に願った。

「お安い御用だ」

影二郎は油紙で包んだ書状と一両、その他に包金一つを幸助に渡した。

「包金も江戸に届けるかえ」

「そいつはおめえの使い賃だ」

幸助がしばらく無言で影二郎の顔を見返していたが、

「南蛮の旦那、恩に着る」

「われらの間に銭の貸し借りも恩の押し付け合いもない」

「そうだったな」

旅仕度を整えた蝮の幸助が長居した店の裏口からひそやかに出ていった。

如月(きさらぎ)の宵が早くも暗くなりかけた刻限だ。そして、その四半刻後に影二郎が孤影を引いて稲荷川のほとりに姿を見せた。

三

影二郎が門前町鉢石の入口に戻ってきたとき、後ろからはあはあと荒い息遣いが聞こえてきた。振り向くまでもなくあかが追ってくる息遣いだった。

「喜十郎の使いか」

影二郎の言葉にあかが尻尾を大きく振って応じた。

「案内せえ」

あかは影二郎が今たどってきた稲荷川の岸辺の道を戻り始めた。

東照宮の森はすでに闇の中にあった。

遠くから見ると八州屋敷だけが赤々と篝火に浮かび上がっていた。そして今朝方潜った表門には大勢の警固の武士が槍や弓を持って警戒にあたっていた。

影二郎は門に掲げられた輪王寺宮旗を認めた。

革製で十六弁の菊花紋と山の字紋が組み合わされた金箔押が表裏に浮かんだ宮旗の意味は、第十代輪王寺宮舜仁法親王が八州屋敷を訪れているということだ。

舜仁法親王は輪王寺宮在任中に二つの大きな行事を務めている。

その一つが文化十二年（一八一五）に催された徳川家康二百回忌大法要の導師であり、二つ目が天保十三年（一八四二）の光格(こうかく)天皇の三回忌法要の導師を請われて京に上がったことだ。そして、今、三つ目の将軍家慶の日光社参の大礼の行事を務めようとしていた。

いわば日光山東照宮の表の顔だった。これは公武融和の象徴ともいえた。その舜仁法親王が八州屋敷を訪れたということはどういう意味を持つものか。

あかは表門を避けるように杉木立ちの中を裏門が見える場所へと影二郎を導いていった。そこにも明かりが灯されて警固の武士が数人いたが、表門の緊迫感はない。

「影二郎様」

寒さに震えながら裏門の見張りを続けていた菱沼喜十郎が声をかけてきた。

「東照宮の主が姿を見せたようだな」

「舜仁法親王様が輪王寺宮旗を押し立てて八州屋敷に入られたのには驚きました。法親王様はただ今の将軍様の治世に反対の意を唱えられたということでしょうか」

「さてそこがな。ともあれ呉越同舟、雑多な顔が揃ったようだな」

「水戸家家老戸田忠太夫、この界隈の大名沼田藩土岐家ら数家の家老職に知行所旗本の用人らの多数、その他に日光例幣使先遣御方の麻比奈君麻呂、さらには関八州の名主・地主、渡世人など、おこまが言うには四、五十人が顔を揃え、関東取締出役の石動万朔も列席を許されておりますそうな」

他の参加者に比べれば関東取締出役の身分は格段に落ちる。それが同席しているということは江戸町奉行鳥居耀蔵の代理ということか。

「さてさて、この顔ぶれが上様暗殺を企てる一味と申してよいのであろうか」

影二郎の語調には懐疑が込められていた。

「集まった連中の立場や理由はそれぞれ異なりましょう。もし考えを同じにしているとしたら所領地や知行所を幕府に召し上げられる危機感、上知令の他はございません。ともあれ、今後の方針や同志を募る話し合いが行われているのではないかと存じます」

影二郎はしばし喜十郎の返答を吟味してうなずいた。

「おこまと連絡がとれたか」

「あかは八州屋敷の塀の破れた穴から出入りができますゆえ、使いに立てると二度ほどおこまから出席者の顔ぶれなど、分かる範囲の文が届けられました。が、この一刻前に法親王様が姿を見せられて以後、屋敷の内外に緊張が走り、連絡がとれませせぬ。そこで影二郎様のお指図をと思い、あかを下山させたところにございます」

喜十郎の声に不安が滲んでいた。

「影二郎様、八州屋敷の普請の棟梁は水戸家の作事奉行であったそうです。これもおこまが知らせてきました」

「となると今宵の集まり、黒幕の水戸家が舜仁法親王を旗印に迎えた図かのう。幕藩体制の内部から謀反が出た上に法親王を担ぎ出したとなると、江戸でも手を焼かれよう」

「もし公武離反の動きが広がれば日光御社参は中止となりませぬか」

「中止になって一番困るのは神君家康公頼みの上様とその一派ではないか。神君頼みで上知令を強行しようという企みが中断いたす。となれば、今宵の集まり、それだけで意味があったというものではないか」

「輪王寺宮旗が上知令の反対派の門前に掲げられたことが関八州に知れ渡りますと、ますます反対派は勢いづき、連判状に名が増える仕組みにございます」

「忠治を上様暗殺の首謀者に仕立ておって、蝮の幸助の怒りもよう分かるわ」

「どうしたもので」

「おこまが戻るのを待つしかあるまいて。無理をせねばよいがのう」

と影二郎が敵陣の中、一人で探索を続けるおこまの身を案じた。

時が流れて、静かだった八州屋敷に宴が催される様子があった。

東照宮の森に四つの時鐘が響き、さらに半刻が過ぎた。すると表門付近に緊張が走り、舜仁法親王が輪王寺に戻る気配が窺えた。そして、八州屋敷の表門から輪王寺宮旗が下げられたか、森全体に弛緩の空気が漂った。するとき時を心得たようにあかが熊笹の中から塀に走り、闇に消えた。

あかはおこまと連絡を取るつもりなのだろう。

影二郎の傍らから喜十郎が立ち上がろうとした。その体を引きとめた。

塀の下の闇に一人の老婆がじっと蹲り、後ろを窺っていた。

おこまだ。

「喜十郎、おこまに考えあっての行動じゃぞ、様子を見ようか」

「はっ」

と喜十郎が親の顔を消して応じた。

おこまはよろよろと杉木立ちの熊笹へと這い上がってきた。

影二郎らが潜む場所より二十数間は離れていた。

おこまの後を何者かが尾行していた。気配を消した尾行術はなかなかの手練れだった。

おこまは父親の喜十郎が潜む場所を承知かどうか、ともかくその場から遠ざかるように杉木立ちの奥へと尾行者を誘い込んでいた。

姿を見せぬ尾行者は一人だ。

闇の中にかすかに血の臭いが漂った。おこまは怪我を負わされているように思えた。

「喜十郎、あかを待て。それがしがおこまを追う」

「お頼みします」

喜十郎はその一語に娘おこまへの思いを込めて影二郎に願った。

影二郎は、熊笹の中を移動しながら見事に音と気配を消した尾行者に付かず離れず追った。

前方からおこまが上げた悲鳴が影二郎の耳に届いた。どうやら尾行者におこまは追い詰められたようだ。

影二郎は杉木立ちの幹から幹を走り伝い、間を詰めた。

「女、飯炊き婆に扮しておるがいささか若いのう」

声は三十三、四か、落ち着いた声音だった。

「飯炊きのおこまですじゃ」

おこまの含み声が応じた。

「いや、八州殺しの密偵とみた。そなたの持ち物から異国渡りの連発短筒が出て参った。見よ、そなたの持ち物であろうが」

影二郎には老杉（ろうさん）の陰からおこまが窮地に陥った様子が窺えた。

二人と影二郎の間にはまだ十間ほどの距離があった。

黒羽織の武士の手に亜米利加国古留止社製造の連発式短筒があった。そして、もう一方の手にはおこまがこの旅で常に携帯していた道中嚢が提げられていた。

「中身はなんだな、その方が調べよ」

と武士はおこまが這いつくばった膝元に道中嚢を投げた。

おこまの目は投げられた道中嚢を見ることなく、連発式短筒の扱いを心得た武士を静かに見ていた。

「そなたさまはどなたにございますな」

「ほう、覚悟したか。そなたがまず名乗るがよかろう」

「菱沼こまにございます」

「だれの配下か」

「常磐豊後守様」

「ほう、大目付筆頭常磐様のな」

「そなたさまは」

「板取朝右衛門」

父が示した三人の名の一人が不意に眼前に姿を見せて、影二郎はいささか驚きを禁じ得なかった。

「なんと上知令施行の下準備に走り回られる板取様が水戸様や下野大名方と同席なされ、上様暗殺の企てを話し合われましたか」

「おこま、そなたも密偵なれば承知であろう。この世の中は味方と思うて敵、敵と思うて味方じゃぞ」

「いかにもさようでした。それで私をどうしようと申されますので」

「騒げば八州屋敷から大勢の者が飛び出してくるがどうするな」

板取が思案するように重い連発式短筒の引き金の安全金具に指を差しこみ、くるくる

と回転してみせた。

重い六連発式短筒をこれほど鮮やかに使いこなす者を見たのは影二郎も初めてだ。

影二郎は一文字笠の竹骨の間から珊瑚玉の飾りの唐かんざしをそっと抜いた。

両刃の唐かんざしは想い女だった萌の形見だ。

「そなたの使い道があったか」

板取朝右衛門が不意に影二郎の潜む老杉に顔を向けた。

影二郎が一文字笠の縁を上げながら、杉の背後から姿を現わした。

「八州殺し夏目影二郎じゃな」

「板取朝右衛門、そなたは羽倉外記様の番頭格、上知令を推進する役目を負っておると思うたが、水戸一派に寝返ったか」

「ふっふっふ」

と板取が笑った。

次の瞬間、銃口が影二郎に向けられようとした。

影二郎の一文字笠の縁を持ち上げていた手が捻られて、唐かんざしが飛んだ。

狙いを付けて引き金を引くには間に合わないと咄嗟に察した板取は大胆にも唐かんざしを引き付け、手にしていた連発式短筒の銃身で飛来する唐かんざしを叩き落とした。だが、影二郎が狙い定めて投げ打った唐かんざしだ、叩き落とされながらも板取の手首を掠(かす)めて連発式短筒をおこまの前へと弾き飛ばしていた。

おこまが必死で飛び付いた。

素手になった板取朝右衛門がおこまを、そして影二郎を見た。

「戦いの幕開けにしか過ぎぬわ」

と言い残した板取が闇に姿を没しようとした。するとどこからともなく、
かちりかちり
と胡桃の叩き合わされる音が響いてきた。

決着がつかなかった戦いを見ていた者がいた。

赤星由良之進だ。

「おこま、手傷を負うたか」

「不覚にございました。集まりが行われる大座敷の床下に潜り込もうとした隙に小柄を投げ打たれて腕に傷を負いました」

影二郎が唐かんざしを拾うと、おこまが短筒を道中嚢に不自由な手で仕舞い込んだ。

「腕を見せよ」

唐かんざしの切っ先で継ぎのあたった木綿縞の左腕を破ろうとした。そこへあかと喜十郎が走り込んできて、

「八州屋敷が騒がしくなりました。まずはここから退却するがよかろうかと存じます」

「おこま、歩けるか」

「大丈夫にございます」

影二郎が道中嚢を肩に負い、おこまを両脇から喜十郎と影二郎が支え、あかが先導して杉木立ちの熊笹の中を走り出した。


丑三つの刻限、影二郎はあかだけを伴い、日光山輪王寺三仏堂の石段を上がっていた。


言わずと知れた日光山輪王寺は比叡山延暦寺、東叡山寛永寺とともに天台宗三山に数えられる名刹だ。

天平神護二年（七六六）、勝道上人が男体山の山頂を極めんと大谷川のほとりに草庵を結んだことが起源とされる。

おこまを門前町鉢石の旅籠〈いろは〉に連れ戻り、おみよの世話で掛かり付けの医者が呼ばれて左腕に負った小柄の傷の治療が行われた。傷は思いのほか深く、筋を傷つけていないことが不幸中の幸いであったと治療を施した医者が言った。

「熱が出るやもしれぬ。その折りは熱冷ましを服用しなされ」

と煎じ薬を置いていった。

おこまの介護を父親の喜十郎とおみよに任せて、医者を見送ると言い置いて〈いろは〉の裏口を出たつもりだったがあかが従ってきた。

「そなたは騙し果せぬか」

あかが影二郎の言葉が分かったかのように尻尾を振って従ってきた。

関東取締出役が放つ三番手の奨金稼ぎを招じた場所が日光山輪王寺三仏堂の前であった。

石動が放った二人の奨金稼ぎを返り討ちにした影二郎だ。一方的な招きだが、最後の奨金稼ぎが果たして姿を見せるかどうか、影二郎とあかは石段の途中で立ち止まり、辺りを見回した。

夜が更けて気温が下がっていた。

ちらちら

と白いものが舞い落ちるのが常夜灯の明かりに浮かんだ。

影二郎は南蛮外衣を羽織り、一文字笠で雪を避けていた。それまで静かに従っていたあかの体に緊張が走った。

笙の調べが雪の舞い散る景色に合わせるように響いてきた。

石段の上で、

ぽーん

と軽やかな蹴鞠の音がして鹿革の鞠が雪の舞う空に高々と上がり、それが影二郎とあかが佇む石段の途中に落ちて、

ぽんぽんぽん

と弾んで落ちていった。

鞠扇を手に、風折烏帽子を被った麻比奈君麻呂が本紫地摺箔上に同色の下濃葛鞠袴に地下沓を履いて、太刀を片手に姿を見せた。

なんと三番手の奨金稼ぎは例幣使先遣御方であった。

「そなた、すでにわれらが集まりを承知じゃそうな」

「有象無象が菊と葵の下に顔を揃えたか」

「夏目影二郎、いささか煩わしゅうなった」

麻比奈が仁孝天皇に下賜された貞次の太刀を抜き放つと鞘を捨てた。

右手に太刀、左手に鞠扇を広げて立てた姿で石段を飛ぶように駆け下り始めた。

そして、風花と競うような軽さで影二郎の身に迫った。

ううっ

とあかが唸った。

「あか、じいっとしておれ」

影二郎は命じると南蛮外衣の裾を風に靡かせ、着流しに一本、法城寺佐常を落とし差しにした恰好で蟹の横這いで石段を下り始めた。

数段上から麻比奈君麻呂が迫ってきた。

影二郎はわずかに麻比奈より緩やかな早さで石段を下った。

南蛮外衣の裾が躍り、舞った。

幅の広い石段の段数は五十段もないか。

軽やかな麻比奈の地下沓の音が迫りきた。

「どこまで逃げやるか」

と息も弾ませることなく麻比奈が言い放ち、

「嵐山保津川下り、一手舞うてみせようか」

と宣告した麻比奈の手から鞠扇がひらひらと影二郎に向かって投げられた。

扇の骨先がきらきらと研がれた切っ先を持った凶器と、影二郎は見た。

影二郎の手が南蛮外衣の襟に掛かり、一気に引き抜くと飛来する鞠扇の凶器を搦めとって、虚空に投げ上げた。

風花と一緒に南蛮外衣が舞い広がり、裏地の猩々緋が麻比奈君麻呂の頭上から覆い被さろうとした。

麻比奈が石段を駆け下りながらも思わず虚空に太刀を回して払おうとした。

影二郎が数段を残して石段の途中で足を止めた。

「愚か者が、おのれが仕掛けた罠に嵌まりおるか」

影二郎の腰から先反佐常が光になって円弧を描くと駆け下ってきた麻比奈君麻呂の脇腹から胸部を深々と薙ぎ斬った。

「おっおおっ」

奇妙な叫び声を上げげた例幣使先遣御方麻比奈の体がもんどりうって石段下に敷かれた那智黒の玉砂利に崩れるように落ちた。

日光山輪王寺三仏堂に沈黙が訪れた。

天から白いものがちらちらと舞い、南蛮外衣が石段途中にごとりと落ちた。

「石動万朔、そなたが放った三人の奨金稼ぎ悉く成敗いたした。次はおれのほうからそなたの素っ首を貰いに行く」

影二郎の声が響き、血振りをくれた佐常の鍔鳴りが重なった。

どこからも返事はなかった。だが、確かに勝負を見詰め、影二郎の言葉を聞く者がいることを承知していた。

四

東照宮の森の外れにある元慈光寺を改修した八州屋敷から水戸藩の戸田家老らが次々に去っていき、屋敷には奉公人だけが残った。

およそ二月後、八州屋敷にこの顔ぶれが集まるのは、徳川家慶の、六十七年ぶりに催される日光御社参の最中だろう。

八州屋敷の集会者らはそれぞれの所領地や村に戻り、江戸十里以内のすべての土地を幕府に収公（しゅうこう）する上知令施行に反対するため、再び日光に姿を見せる筈であった。

その時、

「家慶暗殺」

は強行されるか、上知令賛成派反対派はこの二月全精力を上げてその仕度を整えるだろう。

銚子沖で亜米利加国の捕鯨帆船ジャクソン号から千挺もの短剣装着連発式騎兵銃と大量の銃弾が荷舟に積み替えられて利根川に入り、その荷が日光道中へひそかに運び込まれたという忠治の知らせが影二郎らにとって気掛かりのタネだった。

日光御社参には、徳川幕府へ忠誠を誓うために三百諸侯が軍装で随行した。西国の雄藩薩摩藩などは幕府に隠れて大船を所有し、異国の武器を大量に所持しているところもあった。だが、社参行列随行には厳しい決まりがあって、どこの大名家も忠誠心を疑われるような行動、最新銃器携帯を避ける筈だった。

そこへ千挺もの最新式の騎兵銃で装備された鉄砲隊が侵入したとしたら、その混乱の度合いは計り知れなかった。そして、家慶暗殺の可能性がぐんと現実味を帯びることになる。

影二郎は門前町鉢石の旅籠〈いろは〉に陣取りながら、静かに八州屋敷の集まりに顔を見せた面々の動向を睨んでいた。

板取朝右衛門が投げた小柄を受けたおこまの傷はようやく癒えて、父親の喜十郎と一緒に日光界隈の宿や街道を回る探索に戻っていた。

八州屋敷から忽然と姿を消した二人がいた。

上知令を羽倉外記の命で推進している筈の板取朝右衛門と関東取締出役の石動万朔の二人だ。

影二郎と麻比奈君麻呂の戦いが行われた夜明けから数日後、おこまが探索から戻り、〈いろは〉の囲炉裏端に陣取る影二郎に報告した。

「影二郎様、石動万朔の行方が知れました」

「未だ八州屋敷に滞在しておったか」

「いえ、集まりがあった夜、石動は輪王寺宮旗の威光に隠れて日光山輪王寺に紛れ込んだ様子にございます。昨日、石動の道案内の一人毘沙門の三八がお店の番頭風に身をやつして輪王寺裏口から出てくるところを目撃されております。ただし、ただ今も輪王寺に隠れ潜んでおるかどうかは分かりかねます」

「八州廻りめ、菊の御旗の下に身を潜めたか」

「潜り込んでみますか」

「いや、日光御社参を前に舜仁法親王の怒りを買うてはなるまい。気長に蛇が巣穴から出てくるのを待つしかあるまい」

一方、板取朝右衛門の姿は杳として知れなかった。

影二郎は〈いろは〉の囲炉裏端に陣取ることに飽きると、あかを従えて稲荷川の流れを見下ろす〈いなり屋〉を訪ね、時に半日濁り酒を楽しみながら無為に過ごすことがあった。

今やすっかりと顔馴染みになった店の女が、

「夏目様、そなたの首に懸かった五百両、だれも要らんのかね。近頃、退屈しておいでだ」

とからかって言葉をかけた。

「だれからも音沙汰ないな、ないとなると奨金稼ぎも恋しくなる」

「日光御社参の仕度のためによ、続々と江戸からお旗本御番衆が入って日光界隈、どこを歩いてもいかめしいお役人に出会うだよ。奨金稼ぎもおちおち出歩けめえ。わしらも豆腐一丁買いにいくのに命がけだ」

と女衆が苦笑いした。

家慶の身を守るために旗本の武官衆、大御番衆、新御番衆、御小姓組、御書院番頭などが入り込み、警戒態勢を整えていた。さらに関東取締出役中山誠一郎らも日光周辺に警戒線を絞り込み、五街道を監督する大目付、火付盗賊改や江戸町奉行所の探索方も入り込んで、日光道中は錯綜した様相を見せ始めていた。

〈いなり屋〉の囲炉裏端で影二郎が濁り酒を呑んでいると、江戸から派遣されたばかりの若い大目付手代の一行がいかめしい顔付きで姿を見せた。

「その方、昼間から酒を呑みおってうろんな者かな。道中手形は持っておるか」

と猛々しくも詰問した。

「お役目ご苦労に存ずる」

「そのようなことはどうでもよい。そなた、手形を持ち合わせてないようじゃな、無宿者か。本日は見逃して遣わす。上様の日光御社参を直前に控える日光に立ち入るでない。早々に国境を越えよ」

「それがし、〈いなり屋〉の炉辺がいたく気にいってな、こちらで粗朶が燃えておるのを見ると気が鎮まる」

「なにを呑気なことを申しておる。それがしが大人しく申しておる内に立ち去れ。嫌なら番所にしょっ引くぞ」

若い手代が刀の柄に手をかけて凄んで見せた。そこへ偶然にも菱沼喜十郎が姿を見せて、

「お役人、ここはようござる」

と言い出した。

「仲間がおって御用の邪魔をしおるか」

手代が顔を真っ赤にして言い募った。

喜十郎がすうっと若い手代に近付き、常磐秀信の探索方を示す書付を示し、耳元に何事か囁いた。

「なにっ、あの方は大目付常磐様のご子息にござるか。もしや八州狩りの夏目影二郎様ではございますまいな」

「名を承知か、そのお方だ」

「これは大変失礼いたしました」

若い手代が畏敬の眼差しで影二郎を見ると、そそくさと〈いなり屋〉を立ち去った。

「助かった」

と言いかける影二郎に、

「しばらく姿を見せなかった赤星由良之進を今市宿で見かけましたぞ」

と喜十郎が報告した。

「まあ、炉辺で休んで参れ」

喜十郎が影二郎に付き合いわずかな量の濁り酒を呑み、囲炉裏端で体を温めた後、探索に戻り、再び影二郎とあかの主従だけになった。

影二郎は土間であかが丸まっているのを見て自分もごろりと横になり、遅い午睡を貪った。

影二郎が目を覚ましたとき、囲炉裏の火が強さを増して辺りは夜の帳が下りていた。

「邪魔をしたな」

過分な酒代をおいて影二郎とあかは〈いなり屋〉を出た。

「旦那、また明日」

と女衆が今一つ正体が知れない浪人者を送り出した。

鉢石の〈いろは〉に戻りかけた影二郎は、気まぐれに稲荷川に架かる土橋を渡り、東照権現の宿房が門を連ねる界隈へと入り込んだ。

森閑として人影はない。

石垣の上に鬱蒼とした杉並木が聳え、影二郎とあかが迷い込んだ道の端には石灯籠が並んで淡い明かりを投げていた。

遠くの山門が見えた。

ふわり

と姿を見せた者がいた。

板取朝右衛門だ。

「未だ日光山に潜んでおったか」

「夏目影二郎、そなたを始末せよとの命が下った」

と板取が宣告した。

「定府様からか」

影二郎の問いに板取は答えず、羽織を脱いだ。足元は武者草鞋で固め、襷（たすき）を掛けていた。

「そなた、上知令推進者の羽倉外記どのの配下と思うたが、やはり水戸と通じるものであったか」

「国を取り巻く情勢は厳しい。上知令などで幕藩体制は変わらぬ」

「ならば千挺の騎兵銃で関八州が変わるか。混乱に拍車をかけるだけだぞ」

「死んでもらう」

と板取朝右衛門が重ねて宣告した。

「流儀を聞いておこうか」

しばし迷ったように沈黙を守っていた板取が、

「水府（すいふ）流」

と呟くように答えた。

「そなた、水戸家の家臣か。それが関東代官羽倉外記どのの配下に潜り込んでおったか」

板取は答えない。

その代わり、杉木立ちから、

かちりかちり

と胡桃を打ち鳴らす音が響いてきて、幽鬼剣客赤星由良之進が石垣の上に立った。

「高みの見物か」

影二郎の問いに赤星がひょいと石垣から影二郎と板取が対峙する道に飛び降りた。

板取は赤星の出現を訝しく見守っていた。

「夏目どの、今宵は差し出がましいことながら、板取朝右衛門の相手、それがしが務めます」

「そなた、因縁があるようだな」

「そなたさまの周りにうろついておれば必ずや板取朝右衛門が姿を現わすものと思うておりました。過日、鳥追い女がこやつに手傷を負わされた折りは、いささか遅参いたしましてな、不覚にございました」

板取が赤星の言葉を聞いて得心したか、顔を歪めて舌打ちした。

赤星が影二郎から板取に視線を向けた。

二人の間合は五間と離れていた。

影二郎は二人の中間の、石垣の前に下がった。するとあかも従ってきた。

板取が黒石目地塗鞘打刀拵をそろりと抜いて八双に立てた。柄が長く、鍔が四角なのが影二郎の目を引いた。刃渡りは二尺五寸余か、大業物だ。

一方、幽鬼剣客赤星の刀は細身で定寸以下の二尺一寸五分か。赤星は相手の八双に対して下段を選んだ。

すいっ
と板取が間合を一間半まで詰めた。

二人は長い対峙に入った。

水府流、外他無双流の双方ともになかなかの遣い手だった。

対峙から四半刻が過ぎたか、遠くで玉砂利を踏む見廻り組の巡回の気配がした。

赤星がそろりと一間まで間を詰めて、呼吸を整えた。

板取は、八双に構えた大業物を静かに上下させて打ち込みの間合を測っていたが、

「おうっ！」

と気合を発すると、踏み込みざまに八双の剣を一瞬遅れて間合を詰めてきた赤星の肩口に袈裟懸けに振り下ろした。

影二郎は、幽鬼剣客が腰を沈めて玉砂利を滑るように移動し、下段の切っ先を、

ふわり

と持ち上げた迅速さに驚嘆した。

一瞬の差だった。神業とも思える素早さだった。

下段の斬り上げが袈裟懸けを制して腰骨から腹部を深々と撫で斬り、板取の六尺余の体を石灯籠の下に飛ばしていた。

杉木立ちの道に板取の断末魔の呻き声が響き、ことりと音もなく生の気配を消した。

「見事なり、外他無双流」

血振りした赤星が、

「お褒めの言葉恐悦至極にございます」

「そなた、何者か」

「大目付常磐豊後守様支配下、十里四方鉄砲御改に任じられた者にございます。あの者、ちと大目付筋には因縁がございましてな。詳しくは豊後守様から直にお

聞き下さい」

「父上の支配下であったか」

秀信も幕府の中枢にいてあれこれと策を覚えたかと赤星を見た影二郎が、

「赤星は本名か」

「青砥梅四郎にございます」

「敵と思うて味方、味方と思うて敵が関八州のただ今か」

にたり、と笑った青砥が、

「〈いなり屋〉の前に馬を用意してございます」

と唆けるように言った。

「どこぞに参れと申すか」

「影二郎様には石動万朔との決着が残っておりましたな」

青砥が影二郎の行き先を短く告げたとき、山門前に見廻り隊の提灯の明かりが浮かんだ。

「青砥、恩に着る」

板取朝右衛門の亡骸を残して影二郎も青砥もあかも戦いの場から消えた。

夜明け前、影二郎は馬を例幣使街道合戦場の宿外れ、沼を囲む標茅ヶ原に止めた。およそ夜道十里余りを走破した馬を柳の幹に繋ぎ、休ませた。

鞍上で寒さを凌いできた南蛮外衣を馬の鞍に括り付けて残し、腹前に乗せてきたあかを下ろした。

一文字笠に着流し、腰に法城寺佐常一剣を落とし差しにした影二郎は、関東取締出役石動万朔が女郎を落籍して囲った妾宅の生垣の間から敷地に潜り込んだ。

鼾が高く低く響いていた。

青砥梅四郎の情報どおりに石動万朔は、未だ日光山輪王寺にいると見せかけて例幣使街道合戦場に移っていた。

妾宅はさほど大きなものではない。裏口に回った影二郎は引き戸をそっと持ち上げて外した。廊下に置かれた有明行灯の明かりが台所をかすかに浮かびあがらせていた。

みゃうっ

黒猫が外から入ってきた寒気に目を覚ましたか、鳴き、不意に止めた。

あかが吠えかけて耐えた。

鼾が止まった。

「おさな、水をくれ」

と石動万朔の声がしたが若い妾が起きる様子はない。罵り声を残した石動が寝間から廊下をみしみしと音を立てて台所に姿を見せた。

寝間着の裾は開けていたが、さすがに関東取締出役に抜擢された男だ。片手に油断なく大刀を提げていた。

「うーむ」

侵入者に気付いた石動が台所の板の間に立って、寒気が吹き込む土間に立つ影二郎を薄く灯された行灯の明かりで凝視した。

「夏目影二郎か」

「石動万朔、関東取締出役の本分を忘れ、謀略と不正に走った罪許し難し、八州狩りの夏目影二郎が成敗いたす」

「おのれ！」

片手に提げた大刀の鞘を払うと板の間の床に投げ捨てた。

影二郎は土間と板の間の広さと梁までの高さを確かめた。

「夏目、目障りよ！」

と叫んだ石動万朔が、抜き身を肩の前に立てると板の間から土間に飛び降り、影二郎に向かって切っ先を伸ばしてきた。

影二郎は相手の動きを見つつ、後の先で踏み込み、腰の先反佐常を抜き打った。

チャリン

と刃が鋭くも尖った音を響かせ、薄闇に火花が散った。

阿吽の呼吸で二つの刃が離れ、石動の刃が二の手を影二郎の小手に送り込んできた。

不動の影二郎が弾いた。

なかなか鋭い打ち込みだった。だが、それは予測されたこと。影二郎は相手の刃の動きに合わせつつ、三の手、四の手が石動の必殺の斬り込みと考えた。

だが、石動は寝間着の裾が乱れるのも構わず、

ぐいぐい

と押し込んできた。剛力だった。

影二郎を台所に二つ並んだ竈に押し付け、動きを封じようとしていた。

押さば引け、引けば押せ。

影二郎は石動に力負けをしたように後退しながら、気配も感じさせずに横手に、そよりと身を躱していた。ために、石動が竈の前でたたらを踏んで、体勢が崩れ

た。それでも必死に影二郎へと向きを変えた。

影二郎は、石動がたたらを踏む瞬間、攻めることを逃していた。いや、それはかりか土間の中央に戻り、正眼に先反佐常をゆったりと構え直した。

「おのれ、蔑みよるか」

石動の形相が醜く変わった。

「許さぬ」

ふたたび不動を保った影二郎に向かって一気に踏み込んできた。

肩口に刃が振り下ろされ、弾かれると弾かれた刃が鎌首をもたげた毒蛇のようにうねって、影二郎の腰に、腿に、胴へと間断のない攻撃が繰り返された。鋭い攻めだった。

影二郎は攻めの間合を見て、守りを変えた。ただそれだけの動作を丹念に繰り返した。

焦れた石動万朔の息が乱れ、刃の斬り込みが緩んだ。

それでも胴に重い斬撃がきた。

反りの強い佐常が勢いに押されるように引かれ、石動の脳裏に、

(決まった)

との考えが浮かんだとき、それまでとは違う圧倒的な力で弾き返され、危うく倒れそうなところを板の間によろよろと跳び上がって逃れた。

寝間着の帯がほどけ、髷も乱れて、額から滝のような汗が流れていた。

「死の刻限ぞ、石動万朔」

はあはあはあ

弾む息をわずかな間に鎮めた石動が、突きの構えを取った。

殺すか殺されるか。最後の一撃に賭けた表情だった。

「え、えいっ！」

石動万朔は裂帛の気合とともに死地に踏み込んだ。

板の間から一気に飛んで差し伸ばされた切っ先と、虚空に身を置いた石動の腹から胸に斬り上げた影二郎の引き回しが同時に交錯した。

勝敗は寸毫の差で決まった。

先反佐常の刃に載せられた石動の五体が横手に飛んで、台所の竈にぶつかり、くたくたと土間に転がった。

生死を確かめるまでもない。

奥からおさなの規則正しい寝息が聞こえてきた。

「あか、参ろうか」

愛犬に話しかけた影二郎は裏戸から表門に回り、閂を外すと妾宅をあとにして駒を繋いだ沼の岸辺に向かった。

弦月が標茅ヶ原を青く照らしていた。

影二郎の脳裏になぜか狐の嫁入りが浮かび、家慶の社参行列と頭を丸めて山寺に潜む忠治の姿の二つがさらに重なった。そして、

(世はすべて現に見えて幻、幻に見えて現)

とそんな考えが浮かんだ。

静岡県熱海市の自宅でくつろぐ佐伯泰英

撮影／水野竜也

佐伯泰英外伝【十四】
遊廓は凝縮された江戸

重里徹也（しげさとてつや）
（毎日新聞論説委員）

小説の映像化というのは、作家にとっても、読者にとっても悩ましい問題だ。

愛読した小説がテレビドラマや映画になったのを見るのは、嬉しいような、つらいような、独特な緊張感がある。ああ、小説に出てきた街や建物や衣装は実はこういうものだったのかあ、と実感することが少なくない。

その映像の作者（映画監督とか）による小説の解釈を知り、自分と同じだったり、違ったりして、楽しむこともできる。何より、登場人物を実際に俳優が演じるわけで、小説のうえで親しんだ人物が、具体的なイメージになって登場するのだから、これは随分と身近に感じることになる。

しかし一方で、自分が頭の中で思い描いていた小説の印象が壊されたり、裏切られたりすることも少なくない。登場する俳優たちを見て、これは違うんじゃないかと感じたりするわけだ。自由にいろいろと想像していたのに、イメージが固定され、もう一度、その小説を読んでも、その俳優の顔や姿が思い浮かんでしまったりする。本当に愛読した小説の映像化は目にしない方がいいかもしれないと考えることだってある。

佐伯泰英の人気シリーズの一つ「吉原裏同心」が二〇一四年にNHKでテレビドラマ化された。出演は小出恵介、貫地谷しほり、野々すみ花、近藤正臣、林隆三といったところ。神守幹次郎の朴訥で正義感の強いところを小出が、その姉さん女房・汀女の落ち着いた美しさを貫地谷が好演している。林は放送前に死去しており、最後の仕事になった。吉原のきらびやかな様子、遊女たちの衣装や仕草など、映像ならではの楽しみもある。

佐伯は作家の中では、自作の映像化に理解のある方だろう。自身が日大芸術学部の映画学科に学び、映像の製作に携わったうえ、若い頃から多くの映画に接してきたことが、その理由の一つだろう。小説と映像は、表現として全く違うものだ。映像には映像の表現方法があり、表現原理がある。原作者はある程度、それを理解するしかない。佐伯はそんなふうに考えているようなのだ。こう話す。

「映像の製作者に大きな注文をつける気はありません。シリーズものなので、原作のあっちをつまみ、こっちを使って、都合よく映像化されている面はあるでしょう。こんなふうにいじっちゃったのかと思うこともあります。でも、映像化をＯＫした時から、それはある程度、覚悟していいます。それが嫌なら、自分が一緒にシナリオを書く段階からやらないといけないでしょう。シリーズものでそれは無理です」

「その映像を見た人の百人に一人、千人に一人が原作を読もうという気になってくれたら嬉しいですが。そんなスタンスなんです。『吉原裏同心』のＮＨＫのプロデューサーは、佐伯の作品をどこまでいじっていいか、どこまでなら佐伯は許容するか、そのあたりのことをよく心得ています。今回のドラマでは貫地谷しほりさんが素晴らしい。浅草っ子のよさがよく出ていて、気遣いがある。それが演技に出ています。ああ、この物語は汀女が中心なんだなあと改めてよくわかりました」

映像化によって、原作者が気づかされることもあるというのだ。

佐伯作品の中での『吉原裏同心』シリーズの特徴は、何よりも吉原という遊廓を舞台にしていることだ。

もともとは十七世紀初めに江戸市内各地にあった遊女屋を日本橋葺屋町（現在の東京都中央区）に集めたのが、吉原の起こりだ。ところが、明暦の大火（一六五七年）で焼けてしまったこともあり、浅草山谷付近（現在の東京都台東区、浅草寺の裏側になる）に移転した。江戸幕府の許可を受けた唯一の御免遊里だ。

吉原の全体はほぼ長方形のような形をしている。広さは東西京間百八十間、南北京間百三十五間（京間は江戸間より寸法が大きい。当時の京間は一・八八メートルから一・九七メートル）、計二万七百六十七坪。周囲は幅が約九メートルあったともいわれる鉄漿溝に囲まれ、出入りできるのは基本的には北東の方角にある大門だけだった。

吉原とはいわば、一つの街であり、性の探求を目的にした男たちにとってのテーマパークといえるかもしれない。この閉ざされた空間に三千人の遊女とその五倍にものぼるという女衆、男衆が暮らしている。有機的に動く組織のようで、佐伯はこの吉原を一つの生物のように描き出す。そこでは、いろいろな事情を抱えた女性たちが、共同体と呼んでもいいのではと思えるのだ。そこでは、体を売って暮らしている。佐伯はときどき、このことに触れる。吉原とは単なる、きらびやかな場所ではない。女性たちが命を削って性の奉仕をする悪所なのだ。その結果、多額のカネが動く場所にもなっている。

他方では、髪型や服装などファッションの先進地でもある。いいも悪いも、悲惨な運命も夢のような快楽も、何もかもを混ぜた濃密な街なのだ。

主人公の幹次郎も、その三歳年上の妻・汀女も、この共同体のために命がけで働いている。幹次郎はその卓抜な剣の力によって遊廓の用心棒（吉原裏同心）として、汀女は吉原の遊女たちに読み書きを教える手習いの師匠として、幹次郎の立場は絶えず体を張った闘いを強いられるし、汀女は遊女たちの相談相手にもなれば、彼女たちの日常を観察する役目も自然と負うことになる。

二人とも誠心誠意、吉原に尽くしている。自らが守っている共同体がきれいなだけのものではないことは、よくわきまえている。しかし、これ以上、遊女たちが苦しまないように、客の男たちが一夜の楽しみを快適に享受するように、必死で働いている。

これがこのシリーズの面白いところで、他の佐伯作品に比べて、いわば大人の味わいが深い理由にもなっている。人間の世の中はきれいごとだけでは済まない。

矛盾は矛盾、悲劇は悲劇と認めたうえで、極力、悩みを少なくし、ささやかな喜びを大切に守ろう、吉原という共同体がこれ以上、汚れるのを防ごう、そんな懐の深い人生観や社会観が登場人物たちから感じられるのだ。

気になるのは幹次郎と汀女の出自だ。二人は豊後岡藩(現在の大分県の一部)の出身で幼なじみだった。藩の納戸頭で金貸しもする男との理不尽な結婚に汀女は苦しんでいた。それを汀女にあこがれていた幹次郎が見かねて、二人で駆け落ちし、流浪の苦しみを経て、吉原にたどり着いたのだ。佐伯は、

「血縁なし、地縁なしの二人が最後に頼ったのが欲望の街だったということになります」

と説明する。

「二人はとにかく過去を振り捨て、振り捨て、生きてきました。逃げてばかりなんです。実は私もそうです。過去を振り捨てながら生きてきた。小学校から大学まで、同窓会に一回も行ったことがありません。そんな余裕がなかなかなかなかったということもあるのですが。逃げて逃げて生きてきたのです」

この物語を貫く構造にも注意しておきたい。二人は藩という、この時代に幕府に次ぐ権威と拘束力を持つ共同体を抜け出し、吉原という事情を持つ男女が暮らす共同体のために働いているのだ。だから、このシリーズでは繰り返し、共同体は何のために存在するのかという問いが読者に投げかけられる。

ところで、以前から気になっていたことがあった。佐伯の両親のことだ。両親ともに熊本県の出身で、父親は南部の球磨郡多良木町、母親は北部の鹿本（今の山鹿市になるのだろうか）に生まれた。第二巻でも書いたが、母親は父親の一歳年上で再婚だった。二人は一緒になるために、半ば駆け落ちのような形で家を出て、北九州で暮らし始めたらしい。幹次郎と汀女の二人に、佐伯の両親がダブって見えて仕方ないのだ。

　失礼を顧みず、改めて、このことを佐伯に尋ねた。

「重里さんも妙なことを覚えておられましたねえ。父親が死んだ後、叔父（父の弟）から聞いたことなのですが、父は農業技術の指導員として、各地を訪れていたのですね。養蚕の方法か何かを教えて回っていたのだと思います。母は人妻だったのか、もう前夫は亡くなっていたのか、わかりません。知り合った二人は熊本から半ば駆け落ちのようにして、北九州（折尾）に出てきたのだと思います。逃げてきたのか、何なのか、今となっては知りようがありません。このことは、私が過去を断ち切って生きているということにつながっているかもしれません」

　当時、北九州は製鉄によって、九州で最も栄えていた。近代以降、急速に発展した街だった。

「両親は都会へ出て、自分たちの居場所をつくろうとしたのでしょう。（幹次郎、汀女と共通点があるが、連想が）どこかであったかもしれません」

それにしても、なぜ、吉原を舞台にするということを思いついたのだろうか。実は『吉原裏同心』シリーズの構想は、佐伯が最初に時代小説を書いた時点にさかのぼる。

現代小説から時代小説への転身をはかる時、佐伯が短篇五つを書いたことはすでにつづった。この短篇集は結局、刊行されなかった。この五つの中の一つが『吉原裏同心』の原形だというのだ。

佐伯は、

「その作品はもう残っていません。駆け落ちした男女が逃げて回る物語でした。どこかにたどり着くところまで書いたのかどうか。流浪の旅を描いたものだったのです。この作品が発想の原点にあって、夫婦で働ける場所として、吉原が出てきたのだと思います」

と振り返る。そして吉原を描く魅力として、こんなことを付け加えた。

「吉原を、性を売り買いする場所としてだけとらえるのはつまらないでしょう。江戸のさまざまな文化が、この街から生まれています。そして、金貸しから雑貨商に至るまで、多様な職業の人々が暮らしています。吉原とは、グッと凝縮された江戸の世界だったのではないでしょうか。この街を描くことは、そんな意味もあったと思うのです」

この言葉も印象に残るものだった。佐伯の小説を読んでいると、吉原を守ることが象徴的な意味を帯びてくるような感覚にとらわれるのだ。その理由を明かした説明ではないだろうか。

ところで、幹次郎の剣の強さには、他の佐伯作品のヒーローたちとはまた違う魅力がある。野性味といえばいいか、洗練というのとは異なる深みといえばいいか。

少し、引用してみよう。まず、第八巻『炎上』から。敵は網代笠を使った集団だ。

〈幹次郎の口から怪鳥の鳴き声にも似た叫びが洩れて、辺りの空気を震わした。

「けええっ！」

幹次郎の五体が虚空へと飛翔した。

薩摩示現流を修行した者のみが秘めた驚異の跳躍力だ。

夜気がびりびりと鳴り、一点に集まろうとした網代笠の動きを乱した。

その隙に幹次郎の体は網代笠と同じ高みに達し、さらに頭上に構えられていた和泉守藤原兼定が大きく回され、峰が背を激しく叩いた。

ちぇーすと！

の叫びが響き渡った〉

もう一つ、今度は第十七巻『夜桜』から。

〈鍔（つば）にかかった親指が和泉守藤原兼定を押し出し、右手が躍って柄に手がかかると抜き上げた。

一瞬の早技だった〉

示現流の豪剣と瞬間の居合抜き。前者は鳥獣のような（ジュラシック・パーク世代には、プテラノドンのような、といってもいい）不気味さと恐ろしさを示し、後者は問答無用の切れ味を思わせる。

幹次郎が普段はどちらかというと素朴な感じのする男性だということもあるのだろうか、豪剣も居合抜きもどこか地べたから湧き上がるような野趣（やしゅ）がある。それがたまらない魅力なのだ。

吉原の守護神として活躍を続けるうちに、幹次郎は成長していく。徐々に、酸いも甘いも嚙み分ける人間になっていく。それを支えているのが賢妻の汀女だ。

二人に子供はいない。事件の合間に交わされる夫婦の会話には、どこか安らいだ雰囲気が漂う。それが物語の緩急をつくり出す。

夫婦という小さな共同体の行方も、実はこのシリーズの読みどころになっているのだ。

（文中敬称略）

お願い　光文社文庫をお読みになって、いかがでございましたか。「読後の感想」を編集部あてに、ぜひお送りください。
　このほか光文社文庫では、どんな本をお読みになりましたか。これから、どういう本をご希望ですか。どの本も、誤植がないようつとめていますが、もしお気づきの点がございましたら、お教えください。ご職業、ご年齢などもお書きそえいただければ幸いです。当社の規定により本来の目的以外に使用せず、大切に扱わせていただきます。

光文社文庫編集部

光文社文庫

長編時代小説
奨金狩り　夏目影二郎始末旅(十五)　決定版
著者　佐伯泰英

2014年9月20日　初版1刷発行

発行者　鈴木広和
印刷　萩原印刷
製本　ナショナル製本

発行所　株式会社　光文社
〒112-8011　東京都文京区音羽1-16-6
電話 (03)5395-8149　編集部
8116　書籍販売部
8125　業務部

ISBN978-4-334-76804-1　Printed in Japan

組版　萩原印刷

二〇〇九年十月『奨金狩り』光文社文庫刊